京都花止

Flowers Fade
Into Kyoto

葉天祥 著

目次

一、妳的名字

多年以後再想起昭榮這個人，像是浴室裡看著沾滿細細淚珠的照鏡裡的人像，認得，但沒辦法看得清楚。往往需要借助一些零碎記憶的拼湊，人像才會變得具體。然而，昭榮既不出眾，也不失德，平凡，頂多算是個好人，看清楚了又有什麼意義。還記得他的人越來越少，總有一天會跟許多人一樣被遺忘，甚至會讓人懷疑他是否真的存在過。

而看著照鏡裡的人，久了，有時候也會讓人懷疑，會不會只是看到自己？

這天昭榮正坐在中山北路一家西餐廳的角落裡，一場學弟所辦的收費舞會，時間是二十世紀的最後一年，高鐵的橋頭總機廠昨天剛剛動土。

熱門音樂震天價響，好像要刮掉人的耳蝸，而現場漆黑，只有一些繽紛的彩光偶而閃現，描繪出舞池裡扭動的人影。昭榮剛剛和安妮跳完幾支舞。她是舊識，喜歡跳舞，常常在舞會裡碰到，但交情也僅止於舞池。只要一開燈，各走各的路。

昭榮的額頭滲出幾滴汗，趁著短暫休息，他的眼睛梭巡四方，目標只在新臉孔。到了大四，以前參加的社團都不再繼續，剩下唯一的興趣就是舞會。剛考完試，來跳個舞，如果能認識個臉蛋漂亮，又聊得來的女生，那一百元的舞資就沒有白花。

說昭榮這幾年過得混混噩噩，似乎不算錯。書沒念多少，也沒有認真談感情，跟家裡聯絡淡薄，轉眼就來到畢業邊緣。但是這所私校的學生，又有幾個人兢兢業業日子過得踏實呢？昭榮沒有比較好，也沒有比較差。

他的眼光還沉在舞池裡。

學弟拍了他的肩膀。

「你怎麼不下去跳舞？」學弟說。另一隻手遞給他一杯紅茶。學弟和他的個性完全不同，但兩個人的感情很好，他過來關心。

「有啊，剛剛和安妮跳了幾首，現在下來休息一下。」昭榮回。

「能跳盡量跳，有什麼好休息的。」學弟繼續說：「你是不是在看有沒有什麼新來的女生？」

學弟瞭解他，也沒什麼好隱瞞。他問：「有嗎？」

學弟轉身嘟嘴示意，說左後方那幾個玩在一起的女生就是，聽說是銘傳的。其實昭榮剛剛就注意到，有幾個人站著說話，有兩個人笑著跳舞。昭榮的眼光在開懷的兩人身上停得久一些，學弟注意到。

「你覺得那兩個在跳舞的怎麼樣？我們過去把她們拆開。」學弟提議。

昭榮感到意外：「這樣好嗎？要不要等她們跳完這首。」

「沒關係，要認識人，膽子就要大一點。頂多被拒絕而已。」

學弟的個性是說做就做，不像昭榮顧慮多。

說完，學弟毫不猶豫地往前。昭榮有點膽怯，怕自討沒趣，但還是跟上學弟腳步。

他們邁入轟隆轟隆的舞池，閃過晃動的人群，向著目標前進。當他們接近到女生們再也無法忽略他們的存在，眼光轉過來，舞步和笑容同時僵住。

邀舞有不同方式，這是最唐突的一種。反正女生們已經在跳舞，只是再增加兩個人，這是學弟的簡單邏輯。

經過簡短的表白，就結果論，學弟成功了。長得比較高，舞姿俐落的那個女生，丟下原來的女伴，融入與學弟共組的節奏。

昭榮已經沒有迴身的餘地。而被留置的女生，除了無辜的眼神，找不到其他姿態。

這時候微笑有用，既遮掩不安，也啟動彼此之間的萬有引力。女生在昭榮禮貌地邀請後，遲疑兩秒，輕輕地點頭。

一切都被化解了，緊張和不確定性在那一刻突然消失。而女生為什麼給出同意呢？是為了免除陷於更大的尷尬，還是對迎面而來的男生滋生某種程度的信任，可能連女生自己也無法清楚瞭解。但人生就是由這種不經意的決定，一個又一個串接而成，所以人生無法預測。

他們一起跳了第一支舞，然後再一支舞。事實上，昭榮因為對女生產生好感，斷斷續續邀舞，前後跳了八支，如果他曾仔細計算，他會知道。

昭榮反覆跟她跳舞，除了那張忽明忽暗小巧白皙的臉，沒有瑕疵，帶點神祕，顯得迷人。更是因為對話的過程中，她所顯露的真誠給他不一樣的感受。尤其末了，他問女生姓名時，她的回答。

「我叫田玉亭。稻田的田，亭亭玉立的玉亭。」

大部分的女生會回說，我叫 Mary，或者，叫我小可。但昭榮從來沒有遇過一個女生明明白白講得那麼清楚，好像怕你會忘記。昭榮也因此印象深刻。他想，如果女生不是對他印象不錯，那麼一定是她具有某種純真的特質。

幾天後在校園裡，學弟遇到昭榮，他說：「怎麼樣，你喜歡那個女的，對不對？我看你一連跟她跳了好幾支舞。瓜子臉，皮膚很白，看起來蠻可愛的。」

昭榮確實有點喜歡，但是舞會結束，灰姑娘已經回家。

「是很可愛，沒錯。但是她好像不常跳舞。」

「不會啦，我覺得你邀，她會再來。」學弟繼續說：「你有要到她的電話嗎？」

「我有。」

「再去邀她。」學弟堅決地說。

在學弟的鼓勵之下，昭榮又去邀玉亭，邀她和室友一起來參加舞會。昭榮很少這麼做，但玉亭很快答應，所以，另一個週末下午，他們又一起跳舞，也不再陌生。

不過，兩次共舞的經驗告訴他，玉亭並不是那麼喜歡跳舞。第一次為了給室友作伴，這一次則是因為他的邀約。玉亭好像有一種天生溫柔的個性，不大會拒絕。昭榮想再試試，看她的「不拒絕」可以到什麼程度。他想單獨約她。

他打電話過去，先寒暄兩句，確定他們之間友誼的溫度仍在，直接問她有沒有興趣一起去爬山？她問哪座山，他回她，紗帽山。

紗帽山是陽明山公園裡最容易爬的一座山，登山口到山頂只約一公里左右，大學女生的體力應該沒問題。

電話中的玉亭只思考了幾秒鐘，就直接回：「好啊。」如果不是她也喜歡爬山，那麼真可能是她對他有好感，昭榮心想。

週日他們便一起去爬山。

玉亭租房子在士林，所以他們約在剛開通沒多久的淡水新店線劍潭捷運站。那裡搭公車直上陽明山。在車上玉亭顯得興奮，比前兩次見面時的話多，像是期盼遠足的小朋友，對路旁的花草和台北市的遠景充滿興趣。昭榮問她，常上陽明山嗎？她回說，很少，甚至記不得上次是什麼時候。

車子抵達前山公園的公車總站後，昭榮帶著玉亭順著紗帽路走一小段，找到登山口後沿著階梯往上走。一路都是緩升坡，但有林木遮陰，走起來不會吃力。他們邊走邊聊，玉亭的情緒還是很高昂。

大概一個多小時後他們來到山頂開闊的觀景平台。天氣出奇的好，遠近山形清清楚楚。左邊翠綠的大屯連峰到右邊高聳的七星山系環繞著他們。看到這麼美麗的景色，昭榮都不禁讚嘆，運氣真好，他們兩個一起的運氣真好。

說到運氣，或者說是命運，命運安排他們在此時來到紗帽山的山頂，其實玉亭可能比昭榮體會更深，關於他們之間。

玉亭從來沒有跟她室友去參加過校外舞會。通常週末沒事，她都會回新竹縣的老家。沒想到那一次的前一天晚上老家打電話來說，這兩天他們很忙碌，因為選舉的關係。玉亭瞭解那個鄉下小地方，人情很重要。而她對選舉活動沒有興趣，所以臨時決定不回去。室友看她空下來，沒事做，才逼她去參加那次舞會。

而在舞會中，當她和室友跳舞被插斷，其實想拒絕。她比較內向，不輕易嘗試冒險。沒想到她的室友轉頭就去跟別人跳舞，把她孤伶伶地留給一個陌生男子，而她又不願意給別人難堪。

莫非命運就是要她和昭榮相遇。

但她對昭榮的第一印象很好，不是粗魯的男生，問話時會體貼她的想法。

在學生時代玉亭遇過的男生並不多，即使上了大學，同班的男同學還是屈指可數。所以沒什麼機會跟男生相處，更不用說深入談感情。她是個溫柔善良，也算是面貌姣好的女生，對感情有期待，卻不會主動。她總是在等待，但等待什麼她自己也不清楚。

這時候昭榮出現了，撥開層層人群，直對她而來。昭榮的言語輕柔，把她的感受擺在最前面，給她從來沒有過的體驗。如果只是一次兩次，就當是萍水相逢禮貌性的善意，沒想到他繼續約她。

電話打來時那一刻，玉亭碰巧已經進了浴室，脫完衣服，準備要洗澡。聽到鈴聲，匆忙圍了浴巾衝出來接電話。在那種衣不蔽體的情況底下，感到害羞的人都會急著結束對話。所以，她很快地回答說好。命運不要她思考。

現在他們一起來到這個幾近完美的風景平台，而玉亭居然感覺這些景色已經在昨晚的夢中出現過，她覺得熟悉，這會是巧合？

選舉促成她去參加舞會，在半裸的情況下答應一起爬山，昨天晚上飄渺的夢境和今天真實的山景，這些完全不相干的景象，造成她和昭榮命運不斷的交纏，這是玉亭的體會。

他們在美麗的風景裡待了好長一陣子，讓陽光照撫，讓清風吹，聊著一些有趣但無關緊要的事，而彼此滋生的好感則愈積愈高，直到太陽西斜才下山。回到劍潭捷運站，一起去逛士林夜市。玉亭帶著他去吃了幾樣她愛的小吃。昭榮感受到從來沒有過的好滋味。晚餐結束，昭榮還送玉亭回到她租處的樓下才分手。

這一整天玉亭都有心動的感覺，因為她認為是命運安排昭榮和她的相遇，她相信命運。而另一邊的昭榮則覺得，這個溫柔的女生很容易相處，所以他有繼續交往的打算，他受她吸引。今晚的月色很美，甚至帶點魔幻色彩，月光從高空輕輕撒下，落在玉亭床邊的窗櫺，也落在昭榮回家的每一步路。

二、思念萌生愛意

選舉結束，新政府上任沒多久，昭榮就去當兵，一年十個月。

因為缺乏政治熱情，昭榮並沒有回台南老家投票。即使如此，跟大多數人一樣感受到一段混亂，因為對同一件事有不同的看法造成的社會不和諧。

有一次受學弟的召喚，他們幾個同學還一起去參加一場選舉造勢晚會。但他沒有像其他人那樣搖旗吶喊，他的隨眾只為免去「不合群」的標籤。

那一夜他曾經被感動到。助講人一段激昂的談話，搭配直入人心的配樂，差點使他掉下淚來。然而，事後他在跟玉亭描述那晚的經歷時，卻怎麼也想不出來，究竟是哪個點觸動了他的情緒。

也許這就是選舉的感染力。

等到他去當兵時，一切都已經結束，塵埃落定。而落定的不只是政府，還包括他與玉亭的感情。

這並不是說他們分手，而是指昭榮心裡的一種體悟。他在這場感情追逐的角色從主動轉為被動，因而有心理準備，可能「兵變」而被棄。

這些日子以來，愛苗在心中滋長，他確實是喜歡這個女生。他必須承認，這是學生時代的末班車了，再也遇不到像玉亭那樣單純的女生。但他沒有把握可以安然跨過二十多個月的役期，所以把期望值設低，免得傷了自己。

人生的長路上，很多事情不是自己所能掌控。下部隊，他還被分派到澎湖，和玉亭隔著一汪海洋，徹底的分離。如果她不再跟他聯絡，一切到此為止。

結果玉亭沒有像他預想的那樣消失，她的一項興趣或習慣，維持住了他們之間的聯繫。因為，玉亭喜歡寫信。

把心思或經歷折疊成文字，經過時間沉澱後，再給遠方心愛的人感受，這項古老的技藝在兩人的關係上發揮了作用。

玉亭的文筆並不好，寫的也只近似平常生活的流水帳。譬如她寫她們班同學到宜蘭走草嶺古道的過程，鉅細靡遺。又譬如她和室友到東區逛街，發現有趣的飾品，嚐到好吃便宜的餐點。但在鎮守海防的孤獨時光中，昭榮讀得津津有味。他從文字中體會，玉亭是多麼單純而專一，不會三心兩意。

那麼他要如何回信，寫些什麼呢？這就經常令他苦惱。

服役的生活十分單調，不是海，就是天。他和同袍間的互動也是乏善可陳。但從自由自在的校園突然落入絕對服從的軍中，有些衝擊確實給他不一樣的感受，他並不是寫不出來，卻不能寫。

長久執政的執政黨下野，原來的反對黨組織新政府，全國人民都在適應這樣的轉變。昭榮缺乏明確的政治信仰，但是他認同最後的結果，一個窮農之子當選總統。不是政二代，沒有富爸爸，家世背景不再是決定成就的最重要因素。「窮人翻身」這樣的想像給他帶來某種程度的鼓舞。昭榮出身於一個窮苦的家庭。

但是軍中對這樣的結果有疑慮，時常有人抒發不滿，雖然公開的場合還是服膺領袖，效忠國家。這讓昭榮感到不安，認知差距的鴻溝是如此巨大。

但是他什麼都沒說，在軍中安安靜靜的，對長官的問話通常只給模擬兩可的附和。說是牆頭草也可以，他彎腰只是想在逆風的環境中生存。所以，雖然有些感受，甚至偶而有點憤慨，但都不能寫在信裡，他也擔心軍中的監視制度。

不能寫軍中真實的見聞，只好寫天天不變的美麗景色和雞毛蒜皮的生活瑣事。很多時候根本不知道怎麼下筆。所以，常常是玉亭寫了兩封信來，他才回一封短信。但是，玉亭似乎懂得體諒，不會因為發信數量的不對等，而減緩寫信的頻率。

第二年玉亭也畢業，在和平東路一家小型貿易公司找到業務助理的工作。為了方便上班，她從士林搬到師大路的一處租房。剛脫離學生生活，一切都很新鮮，她寫信跟昭榮報告。

我們公司是一家小公司，只有老闆、老闆娘和我三個人，而且我們還跟另一家公司共用辦公室。另外那家公司的老闆好像是我們老闆的大學同學，兩個人都開貿易公司，只是產品不同。我們的產品是各式各樣小型的ＬＣＤ模組，他們是工廠裡會用到的開關閥門。我們產品是電子組件，他們是機械部品。

原本我什麼都不懂，連ＬＣＤ是什麼也不知道，是這些天老闆娘教我的。老闆娘對我還不錯。老闆經常要出差，去拜訪客戶和聯絡廠商，常不在辦公室，辦公室裡的文書和雜事都由老闆娘處理，但是今年他們的兒子升上國小，老闆娘負責接送，在家事和公事之間兩頭跑，忙不過來，所以才找我來。

我的工作其實不多，接電話、發email、打報價單、偶而到銀行匯款。但是有些文件要用英文打，這就讓我頭疼，我的英文不好。還好老闆娘有很多書信範本，我盡可能照著寫，有些變化的地方，再努力查字典。即使是這樣，我寫封英文email也要好久。也好，就當成在練習英文。

上封信裡我有跟你提到，為了方便上班，我打算搬家。後來在師大路附近找到一間單人房，我的行李不多，以前的室友就幫我搬了過來。房間在頂樓，要爬四層樓的樓梯，裡面隔成四間，大家共用衛浴，環境還可以。我只認識對門的女生，姓湯，她人很好，是南部上來的，在一家雜誌社擔任編輯。白天我都在上班，晚上吃過晚餐才會回到住處，週末沒有事，我就回新竹老家。其實我在房間裡只有睡覺而已啊。

玉亭並不精於選擇，她是個喜歡安定的人，所以畢業不久就能找到工作和新住處，感到很滿意。每天早上她會搭幾站公車去上班。工作地點其實不遠。下班，則經常散步回家。一方面放鬆心情，一方面認識新環境。大安森林公園就是她的新喜好，她常進到公園裡探花尋樹，並享受類森林的芬多精。走累了，就到音樂台的觀眾席上休息，看舞台上的學生練舞，或者欣賞樂器班的學員合奏。等到天色暗下，星星月亮全出來，她才去找家自助餐廳吃晚餐。

這是她的新生活，而她很快就適應。

雖然老家的爸媽和哥哥對她都很好，但她沒想要回老家去。那兒也有些工廠，有些人事或會計之類的工作。台北這個大都市吸引她，捷運、公車、夜市、購物商場，各種便利的設施讓她決定還是留在台北。她才剛畢業，很年輕，適合待在一個色彩斑斕充滿各種可能的地方。她不知她的未來會怎麼變化，但她願意花些時間等等看。

所有的可能也包括待在澎湖的昭榮，她知道如果回老家，她們之間存在的一點可能也就會消失。她喜歡寫信給昭榮，像是有人聽她說話一樣，這讓她在這大都市中不會感到那麼孤單。所以，她持續寫信。

自從舞會認識之後，她就對昭榮有好感。在他去當兵前，他們一直有保持往來，她認為昭榮一定也是喜歡她的。但是他們算不算是男女朋友，玉亭偏向認為是，只是總覺得差了一點點。她並沒有從昭榮的口中得到「我愛妳」或至少「我喜歡妳」這樣的表白。雖然甜言蜜語未必可靠，但連甜言蜜語都沒有，怎麼證明一段感情真實存在。
也許是時間還沒到，她覺得只要保持耐性，他終究會明白表示。因為懷抱這樣的想法，也給她動力在這個都市生活下去。
玉亭繼續寫信。

今天下雨，沒辦法在外面逛，所以我早一點回家，把東西放下。這時候對面的湯湯（她要我這樣叫她）剛好也回來，她問我要不要一起去吃飯。我說好，所以我們就一起出門。她是一個很爽朗的女生，講話很直接。我們見面沒幾次，還不算很熟，她就說我太瘦了，要多吃一些。

我們去一家麵店，點了兩碗湯麵和一些小菜。她特地為我點大碗湯麵，還要我把三分之二的小菜吃下去。她就是那樣一個人，很有趣。

我們聊天時，她跟我說她的工作很忙碌，每天要不斷地讀文章，修改，回信。今天剛好她的主管出差，她才能早一點回來。她很羨慕我的工作，比較輕鬆。不過，我們的情況不一樣，我剛畢業，她已經工作了一年多。說不定一年後，我會跟她一樣忙碌。

湯湯一方面努力工作，一方面上英文補習班，她計畫要出國。她說到美國去念書是她從小的夢想，但她的家庭並不富裕，沒辦法支持她，所以必須自己賺錢。我感覺她很有意志力，能夠堅持自己的想法，也許會成功。

她問我對未來有沒有什麼規劃？我說沒有，至少到現在還沒有。她聽到我的回答，笑著說，也許等工作一陣子之後，就會有想法。

我會有想法嗎？為什麼人一定要有想法？難道不能隨遇而安嗎？如果我只有簡單的夢想，一棟房子，一個安穩的工作，組織一個小家庭，平平凡凡過一生，這樣不行嗎？

你會不會覺得我很沒有志氣？沒什麼企圖心啊？

讀著信，昭榮嘴角不自覺的上揚，對她的印象完全與信文所表露的個性吻合。他們一起上餐廳，問她點某一道菜好不好，她一定說好。他們一起去看電影，問她好不好看，她一定回好看。她幾乎什麼都附和他。這算不算是沒有想法，還是因為兩人一起她就不動腦筋，她依賴他，所以事事都順從他。但昭榮喜歡她的順從，這種感覺很好。

他應該把玉亭收成自己的女朋友的，他知道只要在信中加上這幾個字「我喜歡妳」、「我想妳」，玉亭一定就會死心塌地跟著他。但昭榮只是心裡考慮著，究竟沒有立刻這麼做。

這時九月中來了納莉颱風，原本只是個中颱，沒想到滯留在台灣的兩天中，為北台灣帶來歷史性的超大豪雨，原來的街道瀰漫成一片汪洋，連捷運都灌滿雨水。昭榮從新聞讀到這個消息，簡直不敢相信，台北是首善之都，居然會淹大水，第一次為玉亭感到憂心。不知道颱風對她有沒有造成什麼損害，特地寫了一封信去探問。在信的末了，他再三考慮後，多加了幾個字「擔心妳的安危。我很想妳！」他想，這樣寫很好，不會太直白。但她應該懂的，她會看出他的情意。

對玉亭而言，納莉颱風確實可怕。整個晚上風雨不斷在不甚牢固的屋頂和四周牆壁上沖刷，讓她好像孤立在無援的海島中。好不容易撐過一個無眠的夜晚，第二天起來卻看到樓下街道變成黃澄澄的水路，令人驚訝不已。雖然下午淹水就退去，停水停電沒多久也恢復正常，但是捷運停了，交通亂成一團。人們努力為颱風善後，她的心情跟著忙亂。直到幾天後，她收到昭榮的來信。當她讀到信文的最後，所有關於風災、損壞、安危之類的不順不好的字眼一下子全部離了她的腦海，她只看到了她所期盼的那幾個字。心暖暖的，她確信風雨過後，黑暗和不確定退去，接下來一定是陽光普照的日子了。

三、親密的旅程

退伍之後，昭榮在新店找到人生的第一份工作，在一家小型的電子零件廠擔任業務代表。選擇業務的原因是，工作比較自由。開車出去，拜訪完客戶，可以去喝杯咖啡，或者處理自己的私事。另外一個原因是，如果做得好，有額外的業務獎金。他是坐不住辦公室的，要他在電腦房或工廠裡做重覆性的工作，會受不了。

但在他找到工作之前，有段有趣的經歷。

他需要一個臨時住所。

服役期間昭榮跟一個少尉排長建立不錯的交情，排長考上台大研究所，退役之後回台大念書。在他住的宿舍裡，有一個空床位暫時沒人。排長說，短期可以借他。這主意聽起來很荒謬，排長擴大解釋他的權利。但基於省錢考量，昭榮接受了排長的好意。

昭榮第一次來到台大，就帶著全部的家當，大方地住進宿舍。學生時代辦不到的事，排長幫他辦到。在宿舍裡他領受了台大的自由學風，而所謂的自由是大家各過各的，沒人注意到多了一張生面孔，或者沒人在乎。不過，昭榮沒有非分之想，暫住只到他找到工作和租處為止。

除了應徵工作和找房子，其他時間昭榮都在校園裡閒晃。在校園餐廳吃飯，去活動中心看學生表演，也到籃球場上找人打球，甚至有幾次在文學院旁聽了幾堂跟電影有關的課。他雖然不是真正的學生，卻有一段難得的時光跟台大學生混在一起。日後有人跟他聊天提到台大時，他總是得意地笑著說，台大他很熟，說的好像是他的母校一樣。其實他只是在研究生宿舍裡白住了不到兩個月的時間。

他也在這段時間和玉亭重新見面。

那天他們約在台大校門口。被軍事教育琢磨過而精瘦的昭榮，和因為工作打扮變得漂亮的玉亭，只幾分鐘的陌生，回溯記憶，很快變得熱絡。他們瞭解彼此，也記掛著彼此。

一起吃完晚餐後，他帶著她去逛台大校園。跟她說傅鐘的鬼故事，帶她去看園藝系的花園和農學院的生態池，再沿著鹿鳴堂旁的舟山路散步。經過研究生宿舍時，特別停下來，指給她看，他是住在哪一間寢室。他講到和排長在宿舍中發生的一些趣事時，逗得玉亭笑個不停。

這次見面的過程幾乎確認他們就是男女朋友，只差沒有口頭表明。但在玉亭這不是必要的，她早就在自己心裡為昭榮備好位置。而昭榮也有相同的感觸。在寂寞的軍旅生活中，玉亭一直伸手給他溫暖，等著他回來。而他既然回來了，也不願意再離開她身邊。

在確定和玉亭的感情，並在離公司不遠的巷子裡找到租處後，昭榮在台大的日子畫下句點。他的人生翻過新頁。

昭榮重視自己的工作。沒有家世背景的人，一切都得靠自己努力。

昭榮的公司不大，有一間半自動化的工廠，整個業務團隊只有四個人，他是最年輕的菜鳥。工作生涯才剛起步，但他知道「人和」是成功的第一步。所以，當老闆交代任務，他一定竭力完成，不會敷衍拖延。當他遇到新客戶，講話一定客客氣氣，不論生意成不成。當同事邀他晚上去快炒店吃飯，必然舉手贊成。而需要喝酒時，既不貪杯，也不會少喝。他是很努力讓人覺得跟誰都合得來。

他所身處的小團隊，大家感情很好。早上進公司時會打招呼，有人去泡咖啡時會問誰也要，中午吃飯經常窩在一起。但是感情再好，也沒辦法穿透每一個人的心思，沒辦法確保所有人安於現狀。幾個月後一個待了兩年多的同事提出辭呈，就讓昭榮嚇一跳。

他沒有特別探問同事離職的真正原因，其他人似乎也完全不在意，好像這事就該發生，差別只在哪個時間點。昭榮按下心中的衝擊，很快做了調適，認知這是社會化必然的過程，從此接受職場的分合是人生的常態。

幾個人安排了一頓晚餐，送別那位同事。雖然是離職，吃得開心，喝得痛快，一點都不感傷，好像這是團隊的喜事。但對昭榮而言，印象最深刻的卻是後面的「續攤」。

人對「第一次」都會有特別的記憶。也許是在感情上從零到一的距離遠大於其它數字的間距。所以，昭榮對後來發生的事，也記得特別清楚。

最資深的東哥是在大家的鼓譟之下應許的。

他帶著眾人來到一間小旅館，和櫃檯小姐交談幾句，就拿了一把鑰匙，領著去開房。

在房間裡，桌椅被重新挪位，小桌擺在床和幾張椅子中間。櫃台小姐隨後送來啤酒和撲克牌，看似要打牌，其實不然。送上來的是人性慾望。

沒多久，門開，一個媽媽桑帶著三個女生進來。即使燈光黯淡，連昭榮都看得出，女生們有年紀又帶點風塵味。東哥拒絕了媽媽桑。

不一會兒門又開，同樣的媽媽桑，帶來三個不同女生。其中一個顯得年輕。這次東哥滿意，指著那個女生和一個比較瘦的說：「她們留下。」

門重新關上後，兩個女生便到旁邊熟門熟路的脫下全身衣物，光溜溜地回到小桌旁，在男生之間坐下。這就是第二攤。昭榮因為突然出現的女體，尖凸的乳房、圓潤的臀部和烏黑的下體，而感到耳根有點燥熱。

晚餐時坐在昭榮旁邊的同事就先跟他說：「待會兒有好料的。」他心裡因而有預期，但真的發生時，還是難以保持平靜。

他們開始玩起撲克牌，輸的喝酒。東哥，最有經驗的老大哥，安排每打幾輪就要女生換位置，這樣每個人都可以碰觸得到。昭榮第一次和裸體的女生比肩相親，但也僅只於此。然而東哥不然，打牌時他的手繞過女生肩膀，搓揉女生的乳房，另一隻手偶而還伸到女生的私處撫弄，使女生臉上出現不安的神色。

「都付了錢，當然要好好享受。」東哥這麼說。

平時正經八百的東哥，到這裡完全換個樣子，讓昭榮很訝異。男人大概都是進化未完全的動物，缺少道德的制約，就露出原始的本性。

這時房間門又開，進來兩個新的女生。其中比較矮的那位，膚色偏白，臉型圓潤可愛。當大家還在等東哥定奪之時，要離職的同事突然起身，抓了那個女生的手就往外走，轉眼消失在門口。所有人驚訝得合不攏嘴。色慾撩起的不只是不安分的手而已，有人已經按捺不住下半身的衝動。

震撼過後，恢復平靜，回到原來的牌局，眾人喝酒、嘻笑，繼續在赤裸的女體上尋歡。直到一個小時後，有些倦了，隔壁開房的兩個人才回來。

「有爽到嗎，這筆錢你要自己付喔。」東哥這麼跟要離職的同事說。其他人瘋狂嘲笑帶著傻笑的那人。

幾天後在下次約會中，昭榮跟玉亭提到這件他認為有趣的事。他描述得很詳細，包括自己的感受，表現得很坦然，覺得自己跟東哥不同。

「你不會想要跟東哥一樣，伸手摸摸看嗎？」玉亭問。

「不會耶，雖然付了錢，但沒有感情基礎，我覺得我沒辦法去碰一個陌生的身體。」昭榮這樣回答。這確實是他對自己的理解，並非謊言。

玉亭很滿意他的答覆，但是總覺得不是很穩當，還是有點擔心男人會變壞，所以繼續問：「會不會你待久，變得老練了，變得跟東哥一樣，看到裸體的女人就抱、就摸？」

「不會啦。我不是那種人。」昭榮反應得很快，但是內心裡不是那麼肯定。有一天燈光昏暗酒精助興之下，他會不會變成另一個人。

「你們不會每次送別都是這樣吧？」這是玉亭的憂慮。昭榮的工作是業務，偶而難免會有粉味的聚會。如果這樣，她會希望昭榮去選擇別種工作。但她說不出來，只能憂慮著。

「應該不會，這很花錢，而且也沒什好處。」昭榮這麼回，但最後一句聲音變小了。

玉亭雖然有點憂慮，但另一方面也覺得高興，昭榮那麼坦白誠實，讓她覺得他值得信賴。經過這些年的交往，她對他有期望，繼續發展下去，他們遲早會論及婚嫁。他將會是她理想的另一半。那麼彼此信任很重要，她會努力扮演妻子的角色，也希望昭榮謹守人夫的原則，眼中只能有她。

但是昭榮跟她提到送別會的細節，毫不隱瞞，這是不是也是一種暗示？男人對性都有需求，只差在對象而已。到目前為止，昭榮只是跟她擁抱，偶而接吻。甚至還不曾把手伸到她的衣服底下過。所以，他是藉著訴說，想引起她的興趣，獲得她的同意，可以再進一步？

他是不是在等她回他一個綠燈的暗示。

有時候玉亭也會覺得自己想太多，該發生的事自然會發生，不需要有太多的臆測。但是哪天昭榮真的要求她把衣服脫下來時，那她該怎麼辦？她想到就覺得有點害羞。

玉亭很努力的要求自己，不要再想這個問題。

那天約會完後，昭榮送她回到師大路的住處樓下，跟她擁抱又親吻，才依依不捨的告別。晚上玉亭在床上翻來覆去，有點睡不著，因為沒辦法把這個問題擱下，有點甜蜜的苦惱。

繼續工作幾個月，到了第二年的秋天，昭榮同事安排了三天兩夜的公司旅遊。說是公司旅遊，事實上只是幾個同事一起開車出遊，並獲得公司的部分補助。計畫是開車走北橫到明池過夜，第二夜再到礁溪泡溫泉，第三天才經北海岸公路沿路玩回台北。

這個行程看起來輕鬆，昭榮很快報名，後來也問過玉亭，在他的鼓勵下，她也一起參加。快出發時，主辦人問昭榮，要安排玉亭跟他同房？還是安排她去跟別的女生住一間？

昭榮立刻回：「我和玉亭一間。」他想，玉亭應該不會反對。

晚上昭榮和玉亭見面時，提到公司旅遊這件事。

「我想妳也不習慣跟陌生人一起睡。妳說對嗎？」他這麼解釋。

「對，我是不大習慣。」玉亭附和他。

「我們訂的小木屋是兩張單人床。我們分開睡。」

「嗯。」玉亭沒有明確的回答，只是帶笑看著昭榮。

「妳很安全的。」

「如果有壞人，我也沒有地方躲啊。」玉亭俏皮地回。聽她這麼說，昭榮笑了起來。

位於北部橫貫公路最高點的明池是一個天然的湖泊，高度一千一百五十公尺，面積約三公頃，在高聳的人造柳木和天然檜木環抱之中，綠色的湖水浮成一顆巨大的綠寶石。昭榮他們抵達的時候，因為寒流的關係，雨霧環繞，還散發出一種絕美的神祕氣息。

昭榮和玉亭都是第一次到訪，為這美景深深著迷，但是在湖邊沒辦法待太久，寒流所帶來的低溫超過預期。大家在湖畔逛過一陣子，便回到旁邊的明池山莊。用過晚餐，就各自回小木屋休息。

盥洗完後，昭榮和玉亭躺在各自的床上聊天，但寒流威力太強，穿透小木屋的薄壁，玉亭一直覺得冷。於是昭榮起身，換到玉亭的床，環抱著她，用體溫溫暖玉亭。隔著薄薄的睡衣，兩個人的熱情慢慢點燃。昭榮吻著玉亭，把手伸到她的衣服下撫摸，忘了安全承諾這回事，把玉亭的衣服一件件剝下。玉亭沒有抗拒。最後，兩個人裸體抱在一起，擁吻得更熱烈。

當昭榮進入玉亭的身體時，她抿著嘴，努力抑制聲音，顯露有點痛苦。但兩個人的親密接觸究竟是歡愉的，一陣子後她就能體會做愛的美妙。玉亭竭力壓抑住自己的喘息，即使小木屋隔著別人有段距離，也許是山中太安靜，她害羞，怕聽到迴響在空氣中的自己。

在溫柔的互動中，暖和了兩個人的身心，退卻寒意。汗珠像星點般，在昭榮的肌膚上綻開，直到最後爆發之後，他才傾頹下來。

昭榮撐起身子，從床旁取來面紙，輕輕地幫玉亭擦拭，也趁機會好好欣賞玉亭圓潤雪白的胴體。

「你不是說我很安全。」玉亭俏皮的問。

「今晚妳好美，妳的身體好美，我實在忍不住。」昭榮直接投降，沒有任何藉口。玉亭也沒有真正怪罪之意。

他們繼續擁抱著，親吻，偶而說些甜蜜的話，直到雙方都很累，才沉沉的睡去。讓另一張床空了一個晚上。

他們第一次做愛在天寒地凍的明池，是那麼特殊的一個地方，從此明池的綠寶石永遠閃耀在兩人的心底。

第二天他們離開，繼續往東走，來到宜蘭縣，晚上投宿在礁溪的一家溫泉旅館。昭榮和玉亭仍然分在同一個房間。

晚餐後洗過溫泉，他們又擁抱著接吻，然後很有默契的脫下衣服，再次上床做愛。這一次有經驗，不用像昨晚那樣摸索。

做完愛後，昭榮把玉亭攬在懷裡，讓她側躺在他胸膛上，手掌輕輕地撫摸她小巧的乳房，保持這種姿勢聊天。兩個人都感到輕鬆，不只因為溫泉，更因為兩個人間的親密。

「我喜歡跟妳做愛。」昭榮說，但玉亭沒有接話，只是在黑暗中向著天花板展露甜蜜的笑容。昭榮瞭解她靦腆含蓄的個性，不會勉強她回答。

雖然昭榮深知玉亭個性，但對於她的出身，仍然所知有限，只知道她的老家在新竹縣。

「妳好像跟家人的感情很好，看妳經常回新竹老家。妳老家在關西是不是？我有沒有記錯。」他說。

「沒錯，新竹關西，是一個小地方。」

「我對關西的印象就是仙草。有一次有個同事帶關西農會的仙草粉來公司，泡給大家喝。我一喝就好喜歡，後來還托同事買，送回家給我媽。」

「關西有名就是仙草啊，如果你需要，我下次也可以幫你買。」玉亭說。

「好喔。」昭榮繼續說：「關西，關西不是很多客家人嗎？」

「是啊，關西八九成是客家人，我就是客家人。」

「什麼，妳是客家人？沒看過妳講客家話啊。」昭榮感到很意外。

「你會講客家話嗎？」玉亭問他。昭榮搖頭，他是閩南人。

「那我怎麼會跟你說客家話呢？我只有回老家時，才跟家人講。你是覺得我不像客家人嗎？」

「感覺上客家女生都很強悍，不知道為什麼，就是有這種印象。」

「傻瓜。」玉亭笑著繼續說：「哪有所有客家女生都很強悍。也許是以前客家人的生活環境比較困苦，女生要幫夫，又要操持家務，必須要強悍一點。現在早就不是這樣啦。至少我們家不是，我們家的女生都很溫柔啊。」

昭榮露出贊同的表情，至少他的身邊人很溫柔。

「我們家人感情很好，但是。」玉亭遲疑了一陣子之後，轉頭看著昭榮，彷彿要確定他能理解才繼續說：「你可能很難相信，我並不是我媽親生的，我是養女。」

這段話讓昭榮目瞪口呆。玉亭這麼溫柔，沒有脾氣，身心都很健康，居然是個養女，他真的不敢相信。

「是啊，我是養女。」玉亭鄭重的說。

「看起來不像。」昭榮這樣說是有點奇怪，難道養女都有特定的模樣。

「你以為養女都會被苦毒啊，在我們家，我是很幸福的。」玉亭笑著回。

「那妳的生母呢？知道是誰？還健在嗎？」

「知道啊，還健在。我的生母就是我的小阿姨，也就是我媽最小的親妹妹，她們兩個相差十幾歲。我媽很早就被醫生判定無法生育，所以我阿姨生下我後，就把我過繼給我媽。」

「妳媽，阿姨，很令人震撼，這麼奇特的身世。」

「會嗎？我覺得很正常啊。阿姨生下我，媽媽養大我。只是這樣而已，我什麼都不缺。」

「妳是什麼時候知道妳的真正身世的？」昭榮繼續問。

「大概小學六年級吧，一個大我兩歲的堂姊跟我說的。」

「不可思議，居然還是堂姊跟妳說的，意思也就是妳們家族的人都知道，並不是什麼秘密。妳知道的時候有什麼感覺呢？」

「沒什麼特殊的感覺啊，只是覺得，喔，原來小阿姨才是我的生母。」玉亭說：「但媽媽就是媽媽，阿姨就是阿姨，就是這樣啊。」

昭榮一下子不知道怎麼反應。一個人的出身不重要嗎，也許成長的過程中，感受的親情夠重夠厚，其它也就不重要。看樣子玉亭很幸運。

「那妳生父呢？是誰？現在在哪裡？」

「阿姨生我是未婚生子，所以我不知道生父是誰。」

「什麼，那妳不會想知道嗎？妳阿姨生妳是因為談戀愛？還是因為其他的理由？」

「我不會想知道啊。我有爸爸媽媽，而且是很愛我的爸爸媽媽，而我現在過得很好，這樣就夠了，不是嗎。即使我知道我真正的生父，我又能做什麼呢？對我而言，他不過是個陌生人。」

昭榮心裡對於身世不明這種事情有點奇怪的感受，但聽玉亭一字一句平和地訴說，也覺得有道理。不管如何，他很喜歡現在正躺在她身上的這個女生，甚至因為她的坦白，加深對她的愛意。

「不對，不對，妳媽媽不是不會生嗎？那怎麼還會有個哥哥？」

玉亭笑開來了：「喔，你注意到啦。我哥哥當然也不是親生，他也是養子。他是三個月大時花錢買回來的。你知道鄉下的客家人還蠻重視香火的，一定要個男生傳宗接代。我還知道我的生母。他的親生父母完全不知去向。」

昭榮聽完，不自覺的把玉亭抱緊一點，在這一刻他好愛這個女生。倒是玉亭表現的十分平靜，她只是說出自己的故事而已，而這是一個平凡的故事，只是多或少了幾個角色。

「對了，不要一直說我，我很少聽你提起你的家庭，你要不要也跟我說說？」玉亭問昭榮。

「我的家庭？」當話題轉到昭榮身上時，反而令他感到不安。昭榮很少談論自己的出身，成年之後就習慣一個人的生活。

「是啊，你台南的家。我記得你父母都還健在。」

「我的父母？」昭榮說。玉亭看得出他的猶豫。只知道他很少回台南，也許是因為路途遙遠，但更可能是他不喜歡回去。玉亭想知道原因，他們兩個夠親密了，想知道關於他的一切。

昭榮沉默了半分鐘之後，好像終於下定決心那樣，才開口：「我的家庭很平凡。我不是養子，我是父母親生的。」昭榮很不自然的笑一下，為了掩飾自己的情緒。

「我很愛我媽，但我很恨我爸。」這句話把玉亭嚇一跳。沒想到昭榮會用那麼強烈的字眼。討厭，或者不喜歡，都還能接受，但是用到恨這個字。

「我爸是個很沒有出息的爛男人，工作不順利，喝了酒，回家就拿家人出氣，我從小就經常被爸爸毒打，也常看到爸爸對媽媽家暴。我媽有一眼幾乎失明，就是被爸爸打的結果。」

「我從小就想離開家，考試填志願時，所有南部的學校都不填。最後也真的讓我考上台北的學校。」

「但我很愛我媽，這世界只有她真正關心我。她忍受皮肉之痛，為這個家付出一切。當我念書缺錢的時候，她出去當女工，賣麵攤，賣檳榔，什麼工作都做。我小時候就發誓，等到有一天長大，要買房子，帶她脫離那個家。」

「你爸那麼糟糕？你想把媽媽接來台北？」玉亭關心地問他。

「我不想提我爸。但我確實很想把我媽帶來台北，但我可能一輩子都辦不到。因為我媽是一個很傳統的女人，一直相信嫁雞隨雞，嫁狗隨狗，她覺得那是她的命，她永遠也不會離開那個爛人。」

昭榮重重的嘆口氣。玉亭終於瞭解為什麼昭榮很少提及自己的身世，感到心疼。

「很奇怪。你們家沒有血緣關係，卻是那麼和樂的一家人。我們家千真萬確親生的，卻無法待在同一個屋簷下。所以，當妳說不知道生父是誰並不重要時，我很認同，確實是不重要啊。唉。」

玉亭再次轉過頭來，用雙手環抱昭榮的頸子，然後兩片嘴唇貼上昭榮的嘴。她覺得昭榮這時候很需要她。

他們擁抱在一起，久久才恢復平靜。

如果前一個晚上是帶點夢幻的粉紅，今晚轉為掏心掏肺的赤紅。感情更為真實熱烈，深入彼此心靈的底層。雖然彼此瞭解不必然保證幸福，但兩個人的命運從此栓得更緊。

這個晚上他們發現彼此之間有種美妙的契合。她能給的正是他所缺的，而她所期盼的，可以在他身上找到。命運註定他們要在一起，他們是如此匹配的一對，已經沒有任何阻礙可以擋在他們之間。

四、高橋太太

玉亭對未來沒有太多想像，只想找一個可以託付終身的另一半。經過這兩夜，她覺得昭榮是了。他待她很溫柔，真誠，不會花言巧語。當他毫無隱瞞的提及傷心的過往，更牽動她的惻隱之心，想給他一個不一樣的未來。

而明池對他們而言，有了特殊意義。後來他們買車，或者是慶祝生日，都會想到明池來過夜。他們在小木屋裡做愛，讓時光重新回到那兩天。甚至有一次昭榮因為工作不順，回家跟玉亭大小聲，讓玉亭覺得很受傷。幾天後昭榮自覺理虧，也是訂了一夜明池山莊，迢迢地帶玉亭去渡假。好像那個地方有種魔力，人生可以在那裡獲得重啟。

這趟旅遊確認兩人間的愛，讓他們想搬近一些以方便往來。昭榮甚至到師大路去尋找租屋，但始終沒找到合適的。幾個月後，就在過年前，主臥室的房客阿亮過來敲昭榮的門，機會出現。

昭榮所住的房子是阿亮和他女朋友幾年前找到的，三房兩廳兩衛，租金不便宜。所以他們租下來後，當二房東，再找人分攤租金。阿亮他們住在有衛浴的主臥室，把剩下兩個較小的房間分租。昭榮就住在其中一間，後面最小的房間則出租給一位姓王的博士班學生。

「我們已經買了房子，再一兩個月就要搬出去。」阿亮說。

昭榮嚇了一跳，他知道他們一直在看房子，但沒想到那麼快。他用力地恭喜他們，但突然想到，二房東走了，那房子怎麼辦？

「對，就是這件事，特別來跟你先說一下。我們搬出去，房子就不租了，你和王博可能要考慮是繼續承租下去？還是要換個地方住？」

這是立刻要面對的問題，另外找房子並不容易。

「這房子不錯，雖然比較老舊，但是寬敞又安靜，是很好的住家，到別的地方不容易找得到。我是覺得你們可以想辦法繼續租下去。」阿亮補了最後這一句。

於是昭榮想到玉亭，甚至起了喜悅之心。他騎車去找她。

在玉亭房裡，他跟她說了阿亮搬家這件事。

「這真的是很好的結果，要恭喜阿亮他們。」玉亭說，臉上帶著笑。

她已經猜出昭榮的心意，心裡是高興的，如果以後住在一起，不就跟夫妻一樣。她覺得他會是個合適的丈夫，但是總不能自己跳進去，還是等他開口。

「我們這房子的環境還蠻不錯，妳知道的，要不要搬過來跟我一起住？」昭榮說。

「你是說，我搬到你們房子的主臥室住？」

「對。」

「我一個人？」

「如果妳覺得孤單，我可以陪妳一起。」昭榮說著，露出微笑。

玉亭聽昭榮這樣回答，覺得有點好笑：「上一次你們公司旅遊，你也說要陪我睡同一個房間，結果……，我怎麼覺得我吃虧。」

「不會啦。不會讓妳吃虧。」昭榮把玉亭攬了過來，抱著雙頰親吻，一下子就讓玉亭的心熱起來。

「我們住一起，也可以省房租，存錢，看能不能也快一點買房子。」

昭榮這一番話強烈震盪玉亭的心，雖然沒有什麼甜言蜜語，可是連買房都有計劃，這不就決定這一生了嗎。她要跟這男人在一起了。如果答應，就不能反悔。玉亭要說什麼？我願意？

「好，一起存錢買房子。」玉亭回。

就這樣說定，玉亭搬過去和昭榮住一起，他們要當起二房東，原來昭榮的房間會租出去。

三月初阿亮他們搬走後，昭榮幫玉亭搬家，搬過來那天晚上他們就做愛。做完愛後躺在自己的床上休息，兩個人都感到無比的幸福。而且他們都知道這只是起點，日後還有無數個幸福日子。

阿亮搬家一個月後，打電話邀請昭榮和玉亭去參觀他們的新房。週末昭榮就騎著摩托車，載著玉亭到他們家去拜訪。從景美跨過新店溪，再往安坑的小山丘上走。騎了半個多小時，路程有點遠。

阿亮的新家座落在一個大社區裡，雖然建好十多年，看起來仍舊很新。每棟都是四層樓高，樓中樓的格式，一戶兩層。阿亮的家是一樓和二樓，總共有四十多坪，三房兩廳兩衛。對兩人而言，生活空間算相當寬闊。阿亮很熱情的接待，帶他們參觀每一個房間。但是房子中，除了必要的桌子、椅子、床和櫃子，別無長物，有點空蕩蕩的。

「我們把錢都用來買房子了，其他的家俱慢慢再買。」阿亮不好意思笑著說，但帶有一種滿足的神情。

這當然可以理解，添購家俱並不急。

昭榮喜歡這裡幽靜的環境和房前的小庭園，有點像台南鄉下的老家。

「住在郊區，空氣清新，環境很好。我們當時也有看市區的房子，又貴又老舊，我們不喜歡，也買不起。來到這個社區，一眼就愛上，只是上班就有點遠。」阿亮說。

「所以，我們買了一部二手車，就放在地下室的車庫裡，進出都是開車。」阿亮補充。

「真好，一下子有房有車，接下來你們就可以準備結婚了。」昭榮說。

阿亮是銀行職員，而他的女朋友在證券公司上班，他們就是因為買賣股票而認識。在昭榮眼裡，是非常匹配的一對，雖然還沒結婚。

「再過幾個月，把家俱都買齊了，我們就打算結婚。」

「但你不要以為我們很容易。我們也是辛苦過來的。沒有家裡的支助，純粹自己賺，投資股票還虧錢，好不容易努力存了幾年，才有辦法湊足頭期款，買了房子。接下來沒有失業的權利了。」

他們繼續聊了一陣子，也談到原來租屋的狀況。昭榮和玉亭搬到主臥室，變成二房東。昭榮很客氣地說，希望可以追隨阿亮他們的腳步，幾年後也可以買自己的房子。

「沒有問題的啦。隔幾年你們一定也會買房子，說不定我們還可以當鄰居，這裡的房子很不錯喔。」

兩個人一起笑了，笑得很開心。連在一旁陪伴的阿亮女友和玉亭都跟著被感染，好像願望很快就能夠達成。

回家的路上，因為近黃昏，風有點大。昭榮和玉亭各想各的，沒怎麼交談。昭榮想的比較實際，他瞭解期望和現實是有段距離。阿亮和他女友的薪水應該是高過他和玉亭的，而且他們還享有銀行行員的低利貸款，如果他們要奮鬥五年才辦得到，那麼他和玉亭顯然要更久。玉亭倒是沒想那麼多。這是她第一次看房，一切都很新鮮。她很羨慕阿亮他們有那麼大那麼漂亮的一個家，很期望自己有天也可以擁有這一切。她想的是廚房要用什麼樣的餐具，客廳掛什麼樣的窗簾，她已經在想像中開始佈置一個溫馨美好的家。

雖然買房是目標，但回到租屋處，他們還是得先回到原有的生活。

每天早上起床，昭榮會騎車載玉亭去和平東路上班，再折回來自己新店的公司。但是每天下班，玉亭比較早，會自己搭公車先回租處。如果昭榮晚上沒有應酬，玉亭會準備簡單的晚餐，等昭榮回來一起吃。他們後來把剩下的空房出租給一位服飾店的小姐，晚上都在上班工作。而最後面房間的王博也經常在實驗室忙到很晚。所以，晚餐時刻通常只有他們兩人。在大部分時間，他們很奢侈的擁有整間房子。這樣的生活模式對初出社會沒多久的兩人其實是蠻舒適的，也因為舒適，他們就不急，很自然地把買房這個目標推到遙遠的未來。

假設他們的生活環境是困苦的，或許會激發兩人的意志，拿阿亮當榜樣，努力賺錢，盡早買房結婚，那是另一條路。但二房東和假性擁有這房子讓他們感到滿足，所以也就不急於改變。於是，昭榮一直待在小公司，待到東哥都走了，他成為最資深的業務。而玉亭只想如何填飽昭榮的胃，從完全不懂做菜，變成廚房的熟手。阿亮的房子和買房的美夢偶而會在他們的對話中閃現，但那不急，他們有時間等待，他們總是躲回原有的生活裡。

幾年後連延宕兩年多的高鐵都要通車了。

二〇〇七年一月五日，台灣高鐵試營運，從板橋到左營開出39班次。

在電視上看到這則新聞時，昭榮和玉亭正在巷口一家小餐館吃飯。因為是週五晚上，心情上比較輕鬆，所以選擇外食，也省得煮飯洗碗。昭榮點他喜歡的烤雞腿飯，玉亭則是她常點的榨菜肉絲麵。電視上的通車典禮很熱鬧。

「你以後回台南就方便了。」玉亭跟昭榮說。

「對啊，一個多小時就可以到。真的可以一日往返，但是票價有點貴。」昭榮說。

「沒有關係啊，偶而才回去一趟。」玉亭說。

「如果一日往返的話，就可以省旅館錢，這樣剛好可以貼高鐵的票價。」昭榮說。

自從他開始工作，回到老家就不願再住家裡，他不想和爸爸照面，回去只是去探望媽媽。他會住在老家附近一個品質還可以接受的旅館。玉亭曾經跟著他回老家，也住過那個旅館。她跟昭榮說過，旅館櫃檯那位小姐看起來有點像她阿姨年輕時候的樣子。

玉亭想起阿姨了。

「你知道嗎，高鐵跟我也有點關係。」她說。

「什麼，什麼樣的關係？」

「事實上是跟阿姨有關。你記不記得我曾經跟你說過，阿姨結婚這件事。」

「阿姨結婚？我沒什麼印象。」

「你在當兵時，我曾經在信裡跟你說，我去參加阿姨的婚禮。說阿姨已經四十多歲了，很高興她終於嫁人。」

「有，有，我記起來了。那是妳的生母？當時我只以為是妳其中一個阿姨。」

「對，就是我的生母。當時我跟你還沒那麼熟，當然不會跟你說她是我的生母。我好像也沒提到她嫁給誰。」

「沒有，我不記得妳有跟我說過。」

「她嫁給日本人，高橋先生。所以，正確的說法，她後來變成高橋太太了。」

「哇嗚，妳的生母變成高橋太太，蠻特別的。」昭榮露出一臉訝異。

「高橋先生是日本一家土木工程公司的技師。當時要建高鐵，他被派來台灣，不知道是技術交流，還是承包案子，這我搞不清楚。」玉亭繼續說：「他來台灣就住在板橋附近的旅館，遇到我阿姨。他們是這樣認識的。」

玉亭稍微停頓一下才說：「你知道，我阿姨未婚生子，也就是我。老家鄰居都知道，她其實很難再找對象。所以，她年輕時就離開家，一個人跑到北部來工作，在旅館當櫃台。」

「阿姨會講一些日語，一方面因為外婆受過日本教育，跟女兒講日語，另一方面阿姨學生時有興趣，自己學。所以，在她工作的那家旅館，她的日文程度最好，只要有日本客人入住，就推給她。所以她才認識高橋先生。」

「我阿姨有跟我說，有一天高橋先生急需某種工程用的器具，她還帶著高橋先生坐計程車去街上找，後來還真有買到。第一次出差要結束時，高橋先生為了感謝她，特地請她吃晚餐。」

「原來妳阿姨是這樣跟高橋先生認識。」昭榮說。

「是的。後來高橋先生再來台灣出差，一定住同一家旅館，一定會來跟阿姨打招呼，也一定會請阿姨吃飯。很明顯的他很喜歡阿姨。所以，最後一次出差時，他就跟阿姨求婚。」

「阿姨答應，高橋先生特別請假到台灣來，按台灣的方式請客結婚。然後，才帶著阿姨回到日本定居。」

「沒想到是這樣的。有一點浪漫。可是他們應該也沒見幾次面吧？會不會太快了。」這是昭榮的疑問。

「要結婚之前，我也有同樣的疑問，問過阿姨。她說高橋先生是一個溫和而且善良的人，雖然大她十多歲，也沒有談戀愛的熱情，比較像要找個人生伴侶。但跟他在一起，受他照顧，她覺得很溫暖。而且她也已經接近五十歲，再晚下去就沒人要了，所以，她也就答應他的求婚。」

「如果是這樣，那我可以理解。到那個年紀，也許人生伴侶的需要比較重要。他們結婚也好幾年了，幸福嗎？」

「應該是很幸福吧，我從來沒有聽爸媽說過他們有吵架或怎樣的。」

「妳跟阿姨沒有聯絡嗎？」

「沒有，雖然出國前阿姨有跟我說，要我跟她連絡。」

「妳阿姨他們住哪裡？」

「日本京都南邊的向日市。這個名字有點特別，我都把它記成『向著太陽』，所以，向日市。」

「喔，京都，很有名的觀光都市。也許哪一天我們可以去看妳阿姨，順便去京都玩。」

「如果我們去找她，阿姨應該會很高興。」

「那妳要不要跟她連絡？」

「好喔，我也應該寫個信給她了。」玉亭說。

「究竟她是妳的生母。」昭榮停頓了一下，還是想再問：「妳還是不知道生父是誰？沒問過阿姨，為什麼會生妳？」他仍舊有點好奇。

玉亭上半身往後傾斜，眼光包住昭榮，微微皺眉但帶著笑說：「我沒有問過，有需要知道嗎？我現在很好，很幸福啊。」

幸福就是答案，其他一切都不重要。

「對，妳很幸福。這一點最重要。」昭榮也笑著回她，沒有再追問。他們也差不多吃完晚餐。於是，手牽著手到附近的公園裡散步。

這一晚的天空皎潔無雲，月兒夠亮，所以諸星退位，除了一兩顆亮星，看過去顯得清寂。昭榮喜歡這樣的夜晚，牽著玉亭的手，淋沐著月光，他也接收到幸福。玉亭呢？她早就陷身在自己的美好情緒中。她只想著明天一定要寫封信給阿姨，是時候了，應該跟她問好。

五、改變的開始

從來沒想過一個在日本神戶市念書的女生會改變昭榮的未來。那女生沒做任何事，完全不知情，但事情就這樣發生。

玉亭和阿姨聯絡上後決定去上日文課，覺得這對日後就業或旅遊會有幫助。而只要週三晚下班沒事，昭榮都會去接她下課。

玉亭上課附近有家小吃店，昭榮常去那裡吃晚餐等玉亭，因為次數多了，跟老闆娘熟起來。那一天因為昭榮有一陣子沒來，老闆娘特別過來跟他聊天。

「還是吃一樣的晚餐嗎？」老闆娘問。

「對，麻煩妳。」昭榮很少更換選擇。

「你好久沒來，最近工作比較忙喔？」

「最近工作確實比較忙。」

「忙一點好啊，表示公司賺錢，你們也有好處。」

有好處？昭榮突然覺得有點心酸。這幾年調薪和績效獎金都很有限，而自己已經是最資深的業務，又升不上去。老總的姪子穩坐業務經理的位置，除非老總退休，姪子接班，不然怎麼輪到昭榮。而老總的身子好得很。今天下午又剛好跟業務經理有點不愉快。為了幫一個老客戶爭取降價，結果被業務經理打了回票。這事突顯出自己的權力有限，讓他感到不舒坦。他想避開這個話題，突然想起，老闆娘有個比自己年輕幾歲的女兒。

「老闆娘，我記得妳有個女兒，只比我小幾歲。對不對？」

「對啊，你見過。」老闆娘說。

昭榮還記得，有一次客人多，她在店裡幫忙，收拾桌面洗碗筷。留著短髮，很安靜的一個女生。

「我記得她那時候大四，現在應該畢業了吧，從事什麼樣的工作？」

「哪有工作，她跑去日本留學了。」

老闆娘的回答讓昭榮嚇一跳。留學所費不貲，而這間店不像很賺錢，感覺是勉強可以維持，如此而已。

「她讀大學時到日本當交換學生一年，結果喜歡上日本。回來後學日語，聽日本音樂，看日本節目，畢業後乾脆繼續到日本念書。」老闆娘解釋。

「真的嗎，沒想到妳女兒那麼有決心。」

「她就想要去，我們也只能支持。」

看起來文靜，也不是讀什麼有名大學，只是因為興趣，居然獨自去日本就學生活，昭榮有點佩服她的勇氣。

「這要花不少錢吧。」昭榮說。

「確實要花很多錢。本來我和她爸打算這一兩年就要退休，因為她要留學，只好繼續做下去。」老闆娘說著，並沒有難過的表情。

「你們對女兒真好。也還好你們沒有立刻退休，不然我就不知道去哪裡吃晚餐了。」昭榮說完，老闆娘笑了起來。

昭榮並不想出國留學，對讀書也沒有興趣。但是他很訝異，老闆娘女兒勇於追求自己的未來。她去了日本，見識一個新世界，也許會遇到未來的另一半，也許日後進日本商社成為日本通。總之，她為自己創造新的命運。

因為這衝擊，昭榮原有的滿足感突然消失，反而對現有工作的倦怠浮了出來。客戶只有那幾張老臉孔，薪資一直沒有太大的變化，同事老是來來去去，沒什麼可以期待。他和玉亭還想買房，存款離目標仍有一段距離。他感到沮喪。

也許是時候了，應該為自己的前途著想。老闆娘女兒去了日本，但他不需要去日本，只要往外跨出一步，外面或許有更好的機會。

改變也是一種選擇。但這決定需要跟玉亭討論。

等到玉亭下課後，昭榮跟她提及換工作的想法。這次換玉亭嚇一跳。

「為什麼你突然間想要換工作？是公司裡遇到什麼問題嗎？」

「公司裡沒什問題，只是待了好幾年，做一樣的事有點倦了，想要換個新環境。」

「這樣不是很好嗎？工作也很穩定，我們的生活很好啊。」玉亭比較需要安定感，她很滿意目前的生活狀態。如果改變，就有風險。也許不能準時上下班，也許要經常出差，他們之間的生活會不一樣。

「但我想要更好一點。想要更好的薪水。我覺得自己的能力應該沒問題，也應該去挑戰看看。」昭榮繼續說：「趁著年輕，如果以後買房子，有了小孩，就不能夠隨便嘗試。」

後面那段話給玉亭微微的震撼，一種暖心窩的感覺。昭榮並不擅長說好聽的話，這一番話對玉亭而言，已經近乎是甜言蜜語。究竟他還是有想到兩個人的未來，男人會想到房子和孩子，不就是要共組家庭的許諾。玉亭應該要給他支持的。

「你說的也沒錯。或許可以找找看新工作，多嘗試也是好的。你做什麼決定，我都支持你。」玉亭的心很軟，容易被說服，她覺得她的命運已經跟昭榮綁在一起，不管未來如何變化，就是共同承受。

如果讓昭榮早一點升上業務經理，如果老闆給昭榮的薪水調幅高一些，如果老闆娘的女兒沒出國，如果昭榮根本不知道她留學這件事，或許他不會尋求改變。結果這些條件都沒有發生，所以命運開始轉彎，而一旦做了選擇，從此就是全新展開。

這是個理想的時間點換工作。工作年資太短了不懂，太長了油條，昭榮目前的資歷不長不短，仍然具有成長的可塑性，正是一家公司中階幹部的理想人選。所以，一送出履歷，機會的回函比他預期的多。

經過幾番面談和再三斟酌，昭榮挑中一家中型的電子製造商。產品線和公司規模都比舊公司大上許多。昭榮覺得很理想，雖然還沒確定錄取，但他已經準備要面對全新的人生。

面試很順利，來到最後一關，跟總經理的面談。

總經理擁有理工科國外學位，是研發人員，非業務出身。應該是掌握了關鍵技術才成為總經理。在他手下做事，業務人員應該比較能獨立發揮，昭榮這麼認為。

總經理身材高瘦，戴著一支黑框的近視眼鏡，素色襯衫搭黑長褲，看起來就像個工程師。但他口齒清晰，處事細密，當他聽過昭榮對現責產品的解釋後，立刻衡量出昭榮和未來工作之間的差距。

「兩家公司產品雖然不一樣，但很接近。你們公司產品只是個零件，我們公司產品算是個小系統。你花一點時間學習，要弄懂我們公司的應該不難。」

總經理也問他，有沒有國外客戶的應對經驗。昭榮回答，過去的客戶都在台灣。

「我們公司有日本、歐美，還有大陸客戶，所以有時候要用到外文。你的外文能力怎麼樣？英文或日語？」總經理問。

「日語完全不會。但英文應該還可以。」昭榮回答時是有點心虛的。他的英文程度甚至不如他學弟。學弟辦舞會，對各種英文歌曲滾瓜爛熟，在他們的對話中不時會冒出英文，昭榮偶而還聽不懂。

雖然知道語言很重要，學生時代沒學好。

「英文不行也沒關係，但就是要學。去上上課，我們公司有補助。」總經理講話很乾脆，讀出昭榮答話中的不確定。

「好。」昭榮回答得很肯定，下定決心。

「看起來你還是單身，出差應該沒問題吧？偶而要去大陸或日本。」

「出差會很久嗎？」昭榮直覺回問，也許是想到玉亭。這幾年來，他不常出差外宿。

昭榮的話讓總經理有點意外：「不會啦，業務出差都只有幾天而已，但有些特殊情況，可能需要一兩個月。我們在深圳有分公司，在日本有個辦事處。怎麼樣，你長時間出差有問題？」

「沒有，沒有，沒有問題。我完全配合公司的需要，我只是沒有處理國外客戶的經驗，所以問清楚一點。」

「不用擔心，你們副總是老手，他會Cover你。」

總經理的語氣聽起來，已經把他當員工看待，這讓昭榮感到放心。接下來他們結束公事，轉去聊興趣。沒想到兩個人都看美國大聯盟的球賽。總經理是在美國念書時，就是洋基隊的球迷，而昭榮則是因為王建民才開始看比賽。那一年王的伸卡球在紐約發光發熱，只要他上場投球，很多人就守在電視前。昭榮今天終於發現，每個週末早上攤在電視前椅子上觀賽，沒有幫忙家事，甚至讓玉亭有點怨言，未必真是那麼無用的一件事。

回到家，昭榮就跟玉亭報告今天的面試狀況。說他和總經理談得很愉快，應該會被錄取。果然，幾天後他就收到新公司給他的 Offer Letter。他的新職稱是「業務經理」，而公司給他很大的調薪，調幅比他過去幾年的調薪總額還高許多。加薪符合昭榮的期望，對生活有實質助益，但真正讓他滿足的卻是新的職銜，好像他這幾年的努力終於獲得認可。

一個月後昭榮轉職到新公司。上班沒多久就發現，除了剛畢業的新人職稱是「業務代表」，其他人都是「經理」，只是有資歷深淺的差別。公司策略性給予業務人員較高的職稱，才能在與客戶打交道的過程獲得尊重。原來是兩家公司的做法不同，雖然減損了晉升的實際意義，但昭榮還是覺得這是自己的成就之一。

新的團隊大約十五個人，由業務副總直接領導，總經理很少干涉。同事間的感情不似以前小公司那樣密切，但各司其職，妥善分工。

轉換工作的過程比昭榮預期的順利，也很滿意自己的選擇。偶而會想起東哥和舊公司的那些同事，也終於能體會，出了社會大家都在漂流，共事是偶然分離是必然，那種身不由己的感懷。

在新公司安頓好自己後，昭榮也決定面對另一件事。

玉亭曾經跟著昭榮回台南去探望他媽媽，相對的，玉亭也希望昭榮可以跟她回新竹老家拜訪。玉亭跟他保證一定受到熱烈的歡迎。但長時間以來昭榮一直用各種理由拖延著，沒說出口的原因之一就是，只是個業務員，好像讓他挺不起胸。現在情形不一樣，不管實際的權力為何，他究竟是個「經理」，一張薄薄的名片給了他自信。所以，第二年春節過後他們從南部北返時，玉亭問他能不能順道去她的老家，他就答應。

那天天氣很好，當他們開著新買來的二手車進到老家前的庭院時，玉亭的爸媽和大哥已經在屋前等著，對他們揮手，露出陽光般的微笑。

玉亭的爸媽臉上都是皺紋，髮色灰白，但爸爸短髮，媽媽一頭亂髮。從他們的膚色看來，肯定是農夫沒錯。大哥雖然年輕許多，但臉上線條剛毅，應該也經常勞動。但是他們的臉堆著發自內心純真自然的笑，柔和了粗礪的外表。看得出來他們非常歡迎昭榮。

要來拜訪之前，昭榮心裡是有疑問的，他還不是女婿，也不是同學，頂多是玉亭的同居人。那麼他們要怎麼來看待他，會不會讓他覺得不自在。結果，他們稱呼他為「江先生」，開口閉口都非常感謝他對玉亭的照顧，完全沒有碰觸身分的問題，這讓昭榮感到寬心。

他們簡單寒暄之後，就進到屋裡吃飯，客廳裡已經備好一整桌的食物，雖然是農家的粗食，但雞鴨魚菜一樣不少，算是很豐盛的一餐。吃飯的時候，爸媽的話不多，但是大哥端著啤酒一直對他勸酒。大哥、他和玉亭之間講了不少話，但很多是客語，昭榮還得借助玉亭翻譯，才知道他們講了什麼。看起來他們全家都很疼愛玉亭。

飯後除了水果，有一樣食物引起昭榮的注意。那是田媽媽自做的草仔粿。用艾草、糯米粉和蓬萊粉揉製的點心，有個雜綠的外表，內餡則是蘿蔔絲、蝦米和絞肉。單看外表引不起食慾，但基於禮貌，他還是嘗試。沒想到草仔粿微鹹又有嚼勁，很對他的胃，一下子吃了兩個。他的吃食比任何讚美都有效，玉亭媽媽好高興，直說以後玉亭回來，一定讓她多帶幾個回去。

昭榮看著玉亭家四個人，父母與女兒沒有血緣關係，大哥和妹妹長得完全不像，但沒有阻礙他們成為和樂的一家人。對比自己的家庭，昭榮有深深的感嘆。

下午大哥帶著昭榮和玉亭去看屋後的菜圃和果園，花了很多時間解釋，栽培每一種農作可能遭遇的困難。昭榮對農作方面之事完全不瞭解，但可以聽得出來，農耕實在是一件辛苦又不賺錢的工作。

昭榮另外有個心得。要拜訪之前他一直擔憂的，人家會不會在意他的工作成就，沒想到田家爸媽和大哥完全不在乎，他們所在意的只有昭榮對玉亭好不好，如此而已。

這次的拜訪很愉快，雙方都有很好的印象，對玉亭而言更具有某種僅次於結婚的重要意義。她曾經跟昭榮明示暗示過幾次，他們在一起已經好幾年，是不是該結婚。昭榮每次都舉阿亮當例子，希望像他們那樣買了房子再結婚。玉亭感到無奈，退而求其次，希望昭榮能到老家拜訪，至少讓家人知道她所託付的是什麼樣的人，讓爸媽和大哥放心。

昭榮是個什麼樣的人呢？不算英俊，不算頂聰明，但有好脾氣，很溫柔。不抽菸，不大喝酒，也不會賭博。平常沒事都會回家陪她，雖然家事方面很不行，這大概是很多男生共有的缺點吧，也只能忍受。至於在工作表現方面，玉亭覺得他稍微欠缺一點自信，沒有領導的雄心。過去在舊公司，只能算是一個認真做事的職員，聽老闆的話，把該做的事完成，如此而已。但沒想到他自己想要換工作，終於看見轉變。他開始想要追求高薪，爭取較高的職位，願意接受挑戰，為自己的前途奮鬥，這絕對是好事。雖然好事多半隨伴一些代價。譬如昭榮申請的英文課剛好也在週三晚上，以後他就沒辦法接玉亭下課。又譬如他的應酬也變多，有幾次玉亭在家做好晚餐等到七點，昭榮才打電話告知開會太晚，不得不陪客戶去吃晚餐。這些都還好，玉亭逆來順受，希望昭榮的工作和事業愈來愈成功，他們離買房結婚的日子就可以再近一些。

玉亭覺得這一生給了昭榮，而等待美好未來的過程是另一種形式的幸福。

昭榮倒是沒有那麼重視這次的拜訪，只是為了滿足玉亭的願望。這樣也好，他還沒辦法給她正式的名份，到老家露個臉可以讓玉亭感到安心。以後他還是很少去玉亭的老家，通常是她一個人回去。對昭榮而言，最重要的還是工作。他還不很清楚，這一生想要達到什麼樣的高度，最終的目標是什麼，但他認為如果想要改變自己的人生，他沒有可期待的遺產，也不相信彩券的好運，他所依賴的唯有手中的工作。所以除了玉亭，工作是他生活的全部。

昭榮的工作最重要部分就是客戶，剛開始全部在台灣，其中還有幾家是舊公司時認識的老客戶，所以處理起來不難。但是訂單越來越少，不是轉到大陸的工廠，就是輸給了大陸新興的競爭對手。所以，一年多後，副總也安排昭榮接一些大陸客戶，甚至跟他說，要有心理準備去大陸拓展業務。

談到大陸市場，就必須提一下香港的代理商。大陸那麼大，即使昭榮他們這種中型公司去經營，還是相當困難。人生地不熟，所以必須透過香港的代理商去銷售。他們有兩家代理商，其中一家的老闆叫羅德林，副總要昭榮先認識一下。

昭榮曾在公司會議中見過一次面，在副總介紹下，交換過名片。他人很客氣，雖然昭榮初來乍到，也沒有接任何大陸業務，還是一直對他說，請多多支持。

「羅老闆有點臭屁，給的數字多半很誇大。但算是很有能力，是個好人。他曾經在台灣待過，跟你溝通上應該沒有問題。」這是副總給的評語。

第二個月副總就帶著昭榮到香港開會。羅老闆的公司在香港島中環附近的一棟大樓裡。樓層很高，幾個房間加一個會議室，並不是很大的辦公室。昭榮第一次造訪，羅老闆特別跟他解釋：「香港地價比台北還貴，租不起太大的辦公室，要靠你們公司。你們賺錢，我們也賺錢，將來才能換大辦公室。」

「羅老闆，你太客氣了，我們產品要靠你賣才對。」昭榮禮貌地回覆。

這場檢討上半年銷售成果的會議，羅老闆親自報告，沒請手下的業務經理代勞。顯示羅老闆的自信，也藉言語互動拉近與副總之間的交情。他們兩個談得很熱絡，除了市場和客戶狀況，最後還提到去大陸旅遊之事。原來羅老闆曾經安排副總一家人到安徽黃山旅遊，而副總對那次的吃住行各方面都很滿意的樣子。

副總突然回頭對昭榮說：「不要誤解，我們去旅遊，所有的費用都是我自己出的。羅老闆這方面很吝嗇，他不花錢的。」

聽副總這麼說，羅老闆只是張著嘴，坐在椅子裡傻笑，過一會兒才說：「我們這小店，賺不了什麼錢，還是要量入為出啦。」

昭榮看不出事情的真相，但他覺得副總和羅老闆都很厲害，是業務的老手，他們兩個帶著笑在他面前過招，沒有刀光劍影，而最後以各自滿意的數字收場。他們是昭榮學習的榜樣。

會開完了，羅老闆帶他們和一個業務經理一起去吃飯。四個人搭電梯下樓，鑽進巷子，左彎右拐，來到一家茶餐廳。羅老闆很闊氣的點了一桌港式小點，再加上炒飯和羹湯，吃得賓主盡歡。羅老闆不只會談生意，還懂得拉攏人心，看起來確實是一個有能力又值得信賴的人。

昭榮覺得自己有種特殊的收獲，這一天會議為他開啟了新視野。雖然他還分不清楚香港的東南西北，但他確信可以理出一條道路來，這條道路會閃著金光直通美好的遠方，而他終將會擁有羅老闆的圓熟和副總的雄心，至少他是這麼期望。

回台灣一個月後，副總就宣布羅老闆這家代理商交由昭榮來管理。昭榮和羅老闆的來往變得密切，而那條金光閃閃的道路也就越來越清楚。

六、同甘共苦的友誼

客戶真的是生氣，連F字眼的髒話都冒出口。這個客戶是個美國人，特地飛來台北和副總、昭榮開會。他們使用昭榮公司零件設計的產品出了問題，整個生產線停下來。他有出貨的壓力，憤怒是必然的。

案子已經進行一段時間，因為生產的代工廠是香港羅老闆介紹，所以轉由昭榮負責。才剛接羅老闆這一線，就遇到難纏的問題，昭榮自覺運氣真差。

運氣再差，還是得解決。副總答應客戶，立刻去代工廠檢查所有出自公司的零件。代工廠在大陸東莞，當然不是副總自己去。會議的結論是，昭榮帶一個產品工程師過去看。

昭榮感到不安，他對技術瞭解有限，也不知道代工廠那邊人是圓的扁的，好不好溝通。飛到對岸，怕掉入更深的迷霧。他打電話給香港的羅老闆請求協助。

「你們就過來吧，我會陪你們去東莞那家代工廠。」羅老闆在電話中說：「我跟那家代工廠的廠長很熟，你們不用太擔心，我們一定可以順利解決的。」

雖然只是短短幾句，羅老闆的語氣和帶有溫度的回話，給了他安心感。像是寒流中有人遞過一支火把，既有暖意又照亮了路。

他們約在香港九龍火車站，有火車直通東莞常平。他和工程師抵達時，羅老闆已經買好車票，等著他們。於是一起辦理離境出關手續，上車，一個多小時後就到了東莞車站。在旅館放下行李，立刻直奔工業區的代工廠。

代工廠的廠長長得高高壯壯，看見他們來，沒有怒容，反而笑得爽朗，好像遇到救星一樣。這讓昭榮稍感鬆心，廠長和他們究竟是一體的，生產線無法出貨，他壓力應該也很大。廠長很快地把發現問題的過程解說一遍，而且把有疑問的產品都從生產線撤下，移到會議室。

雖然問題還沒解決，但廠長表現出高度配合，至少是很好的開始。

於是，開始檢測流程，大部分是工程師在忙，羅老闆和昭榮只是幫忙紀錄測試結果而已。但是兩三小時之後，進入下階段的實驗分析，除了工程師，其他人只能旁觀。

到了晚餐時間，所有話題聊過一遍，等待的無聊開始折磨人。

終於，羅老闆出聲：「讓工程師繼續做他的工作，我們去吃晚餐吧。」

反正其他人都幫不上忙。商議的結果，廠長開車載著羅老闆和昭榮先出發去吃飯。而等工程師的工作結束，工廠經理會帶他去吃晚餐。兩邊分頭行動。

到了三人的晚餐快結束之時，工廠那邊傳來好消息，找到原因，決定明天再處理。對昭榮而言，這一整天都是緊繃的，第一次出國處理客戶問題，被一群陌生臉孔所圍繞，而不知解決之道在哪。直到這一刻，才真正獲得舒解。

放下心上大石的昭榮原本只想回旅館休息，沒想到這次輪到廠長發聲：「工廠那邊不用擔心囉，明天再繼續，待會兒一起去唱個歌吧。」廠長轉頭過來輕鬆地對著昭榮說。

能夠找到問題，昭榮已經很滿足，沒想到慶祝。更何況他是廠商，不是客戶，廠長並不需要殷勤招待。

「你沒去過嘛，一定要去看看。」廠長很熱誠的邀請。

當廠長起身去結帳時，羅老闆傾身過來跟昭榮解釋：「不是廠長特地要招待你，而是廠長喜歡去KTV。你來只是剛好給他一個藉口。一起去嘛，你也應該去經歷一下，很好玩的，說不定你也會喜歡。」

原來如此，那麼「投其所好」也是業務該有的本能，當然不能拒絕。而且明天問題就可以解決，昭榮是可以輕鬆一下。

「去哪裡？」昭榮問。

「應該是去鑽石樓KTV，廠長常去，跟那裡的媽媽桑和小姐都很熟。」羅老闆回，顯然他有經驗。

結完帳後，廠長又開車載著他們出發，不到十分鐘的時間，來到一棟大樓，鑽進地下室。當他們停好車，重新回到地面上時，迎面而來一個彩色繽紛不斷閃爍著的招牌，上面幾個大字「鑽石樓ＫＴＶ」。

當他們進到昏暗的包廂裡坐定，一個女生熱情的過來跟廠長打招呼。看樣子廠長跟她很熟。女生抱怨廠長很久沒來。

「最近工廠很忙，事情一大堆。」廠長笑著回。

「你都不來，我們很想你耶。」媽媽桑說。

廠長的笑持續著，多了一分尷尬，他說：「我也很想啊。」他說話時，視線離開媽媽桑，回到昭榮他們身上。也許他的尷尬是來自於他們兩人。

「我今天帶了客人，妳要好好招待。」

「那有什麼問題，他們一定會喜歡這裡的。歡迎，歡迎。」媽媽桑跟著也把視線轉到昭榮和羅老闆。她認得羅老闆，以前來過。所以，新來的貴客就只昭榮一人。媽媽桑熱情地跟昭榮打招呼。

過一會兒，包廂的門打開，進來幾個小姐，年輕但穿著各異，短裙、短褲，或一身套裝，相同的是努力顯露性感。

「如果你有看到喜歡的，就可以把她留下來。」羅老闆說，然後又補上一句：「想要兩個也可以，如果應付得來。」

女生們都做了妝髮，而光線又黯淡，看不清長相。昭榮回憶起當年幾個業務到旅館見識脫衣陪酒的往事，想起裸光的女體，想起那雙上下遊移的手，那是他初入社會融入團體的起點，這次呢？看著周遭一群人，有似曾相識之感，但自己已經不再是那個社會新鮮人。

廠長和羅老闆要昭榮先選，他還不習慣，不知如何選擇，回頭和羅老闆商量。

「沒關係，慢慢來，如果這一批沒有你喜歡的，那我們就換一批。」羅老闆湊近昭榮的耳朵繼續說：「媽媽桑看你是新來的，先把年紀大難推銷的先送出來給你選。」

昭榮訝異，再回頭細看，根本分不出年齡差異。他們直到第三輪，才挑定三個人的陪酒小姐。

「看樣子，你喜歡小隻馬。」羅老闆笑著跟昭榮說。他才注意到身邊的女子跟玉亭的身材有點相像。

被挑選留下來的小姐和他們一起唱歌聊天，也玩起擲骰子比大小的遊戲。比輸了要喝酒。昭榮的小姐喝酒很爽快，不會推三阻四。她叫妮可，廣西人，來自桂林農村，初進這個行業。昭榮從言談中發覺，妮可很純真。

妮可玩牌老是輸，昭榮嘗試教她，不要光看自己手中的，要會推算對家可能有的牌。但是妮可學不來，所以她一直對昭榮投以崇拜的眼神。

「我們老家桂林的風景很漂亮喔，有機會來玩，我可以陪你。」聊天的時候，妮可說。

「好喔，如果我有機會去桂林的話。」昭榮的回答純粹是應酬話，但他知道妮可是真心邀請。這個農家出身的女孩很天真，也很溫柔。聊天時雙手攬著昭榮的手臂，頭輕靠在他肩上，是他今晚限定的女友。

這麼單純的人怎麼會進這個行業？就只是為錢，用溫情和肉體來交換，昭榮有點疑惑。

兩個多小時後，酒也喝得差不多，大家準備要結束。

「你要不要帶妮可出場？」羅老闆問昭榮。

他不是很確定。相處一段時間之後，覺得妮可很可愛，但這麼做對玉亭就有點愧疚。昭榮猶豫著。

「如果你不喜歡妮可，付點小費就可以把她打發。但如果帶走，那就是算鐘點，或者是過夜，自己付錢。可是，都不會很貴。」

昭榮跟羅老闆做了否定的手勢，但隨即被他把手按下。

「除非你不喜歡妮可。不然，她們都是希望被帶出場的。沒出場，只靠陪酒小費，她們活不下去。一定要出場，她們才賺得多。一旦帶出場，隨便你怎麼做，你要單純的聊聊天，只付一個小時也可以啊。」

昭榮心軟，不會堅持，這也是玉亭喜歡他的原因。他的個性在這時候發揮作用，讓他把拒絕收了回來。

三個人都要帶小姐出場，媽媽桑很高興，這是今晚的業績。但是，他們沒有一起離開，羅老闆幫昭榮叫了部出租車回旅館。他則和廠長留下來，還有一些事情要談。

在車上昭榮試著從妮可身上找答案。原來她出身傳統家庭，長大了該賺錢養家，天經地義，就是這麼簡單，而且不管錢從哪來。

回到房間，妮可先去洗澡。當她裹著浴巾出來時，昭榮終於可以看清她的身形容貌。妮可的肌膚像是曾被烈陽炙曬過的樣子，臉容看起來很樸實，但仍保有稚氣。

當他們上床做愛，妮可引導他接近她的私處，這讓昭榮感到不習慣。可是想想妮可的經驗多，或許這就是她的專長。但他不喜歡這樣的想法。等到昭榮完全進入妮可的身體，她開始喘息，不經意地顫抖，完全是一個年輕女生失去身體控制的模樣，昭榮才改變剛剛的想法。妮可究竟只是個女生，沒什麼特別的。因為瞭解妮可的平凡，昭榮享受這場性愛。

做完愛後，妮時可裸著身躺在昭榮身上，繼續跟他聊天，直到累了睡著。昭榮留她過夜，第二天早上還在旅館跟妮可吃完早餐，才說再見。要分別時，妮可顯得依依不捨，並跟昭榮說，希望他下次來要記得找她。昭榮答應，雖然知道自己的承諾完全不可靠。

第二天昭榮和工程師完成所有零件的檢測之後，就跟著羅老闆回香港。在火車上閒聊的過程，羅老闆跟他解釋為什麼ＫＴＶ有這麼多年輕女生。

「她們很多原本都是在工廠工作的。」羅老闆繼續說：「但是，工廠工作一個月一千塊，到ＫＴＶ接客，可能一個晚上就一千。同樣是一千塊，看你要賺得快？還是賺得慢？總是有很多女生經不起誘惑。反正在這裡賺個兩三年就回家，老家那麼遠，恐怕也沒人知道這錢是來自工廠，還是ＫＴＶ。或者也沒有人在乎。」

昭榮頓時明白這個區域工廠和ＫＴＶ的依存關係。日後他偶而會想起妮可，並不只是因為肌膚之親，他只是想知道，那麼天真單純的女生，在複雜的色情行業工作，她的最終歸處會是哪裡？

這個案子並不是一次就處理完。昭榮和工程師後來又跑了兩趟，進行不良品維修。到了晚上，照例昭榮又跟著廠長和羅老闆去ＫＴＶ，昭榮每次都試著找妮可，但從來沒有再見過她。妮可像無數個來自農村的年輕女孩一樣，消失在茫茫的人海中。

昭榮會想再跟妮可見面，究竟是第一個共渡一夜的ＫＴＶ女生，但那樣感性的想法，就像女生進這行業可以賺大錢一樣的不切實際。

案子結束後幾個月，昭榮在上班時接到羅老闆的來電，這一次不是為了討論案子或業績，他剛好來台灣，只是想找昭榮出來喝個下午茶。

昭榮當然說好。這一陣子跟羅老闆的互動往來發現，在工作上需要羅老闆，但即使單純當朋友，也非常值得交往。

他們約在公司樓下。時間到時，來的是一台ＢＭＷ，而且還是羅老闆自己開的車。

「你是租車？還是這裡有個分公司？」昭榮上車就問。

「哪有什麼分公司，這是我家的車，我在這裡有個家。」羅老闆回。

「你在這裡有個家是什麼意思？」

「你副總沒跟你說，我小時候待在台灣嗎？我爸爸的老家在台灣啊。」

「我只知道你曾待過台灣如此而已。」

「那你可能知道的不多，待會兒我再跟你詳細解釋。我們先去找地方吃東西。」

羅老闆提議要去圓山飯店後面的第一夫人咖啡廳，昭榮沒去過。他們開著車向北，朝著大直的圓山大飯店過去。

「對了，你不要一直叫我羅老闆，我也沒大你幾歲。」

「那要叫你什麼？」

「我的英文名字叫 Rod，故意取的，就是我中文名字的諧音。」

「所以，叫你，羅德？」

「對，朋友都叫我，羅德。」

爬上飯店的山坡，昭榮和羅德停好車後，直接走進圓山大飯店的大廳。雖然有些老舊，但是寬廣的宮廷式建築，搭配深紅色地毯，還是顯得氣派堂皇。他們一面走，羅德一面解釋圓山大飯店的歷史，看來他很熟悉。

「我們家小時候常來這裡吃飯。」羅德說。

「你不是香港人？」

「我現在是香港人沒錯，但我小時候在台灣長大。我爸是台灣人，我媽是香港人。」

難怪昭榮聽羅德講中文，並沒有一般香港人的口音，反而覺得有一種特殊的台灣腔。

「你爸和你媽怎麼認識的？」

「我外公是香港人，在香港賣衣服做得很好，還跑來台灣開店。我爸是雲林人，來台北工作。在外公的百貨店工作的過程中，認識我媽。」

「我外公看這個年輕人老實可靠，就把我媽嫁給了他。後來外公還支助我爸在台北萬華一帶設立一個成衣工廠。我小時候是在那裡渡過，所以我算是萬華小孩。」

原本昭榮只覺得他是個中文講得很好的港商，原來他跟台灣有這麼深的關係。

「成衣工廠還在嗎？」

「早就不在了。早年做很賺錢，後來競爭越來越多，進口的成衣也越來越便宜，大概在我念中學左右就收了。」

「那後來為什麼跑到香港，還開了貿易公司？」

「這家公司本來是我舅舅的。年老退休後，才把這家公司交給我。」

「原來如此。」

「你看我跟台灣香港都有些關係，所以很適合做貿易，現在服務的對象就以台商和港商為主。」

他們走經長長的階梯和商店迴廊，來到飯店後面的第一夫人咖啡廳。進到餐廳，在靠窗的位置坐下，並點了兩客下午茶套餐。這位置可以俯瞰城市遠景，看到遠方的台北一零一和近處的飛機著陸，有非常好的視野。

「我小時候常來這裡，但隨著外公外婆和我爸過世，重心移往香港之後，就很少來了。現在再來，是回味的目的居多。」羅德回：「這地方不錯吧，小時候的印象很深刻，所以喜歡這個地方。」

「看來你的家境不錯。」

「外公外婆還在時，是啊。但好日子不是永遠的，現在多半得靠自己努力。靠你們公司。」羅德笑了起來，但這是客套話，昭榮聽得出來。

「換你說說你吧。」羅德說。

「我沒有你那麼特殊的身世，我很平凡。」

昭榮把自己台南人的出身，就學的經歷，前家公司的工作經驗，大致講了一遍。

「你喜歡當業務？」羅德問。

「是啊，我喜歡跟人打交道，不喜歡整天窩在辦公室裡工作。」

「我也喜歡當業務。我小時候常在成衣工廠，跟做衣服的師傅混在一起，瞭解衣服的種種。從小就會在廟前市場的攤位上幫忙賣衣服，賣一些過期不流行的衣服。我大概就是那時候開始，立志要當業務。」

「你看起來比較不像業務。」羅德補了一句。

「怎麼說？」

「你看起來比較老實，不會誇大。這在業務裡比較少見。」

「每個人有每個人不同的特質吧。」昭榮這麼回。

「你記不記得你找的那個小姐，好像是叫妮可的。」

「記得啊。」

「我後來有問過她的媽媽桑，那晚後來怎樣？媽媽桑說妮可告訴她，你不但讓妮可留宿，而且第二天早上還請她吃早餐。這很少見。我遇過各式各樣的客人，絕大多數很現實，一個小時用完了，就叫小姐走人。少數人是爛人，花一百塊，一定要賺回兩百塊的價值。但你都不是，很老實，你人很好。而我也不覺得那小姐很漂亮，很普通的一個小姐。」

「你不覺得那像是服務業嗎？如果對方服務的好，也應該表示感謝，不是嗎？」昭榮這麼回。

「服務業？」羅德邊講邊笑，笑得好大聲：「對，你說的對，也算是一種特殊的服務業。」

羅德從認識昭榮開始就對他有好感，而原因就是他看起來比較不像是一個業務。今天這番話證實了他的直覺。人與人相處，原本就有難以說清楚的原因，但他確實很喜歡這個比他小幾歲的年輕人。他很誠懇，講話不會誇大，有顆善良的心，跟他聊天感到輕鬆自在。

他們繼續聊了一陣子，太陽快下山了才打算結束。

「下次我再回來台灣，我們一起出來吃飯。」羅德說。

「好喔。」

「我對台大公館那一帶很熟，知道那裡有幾家不錯的餐廳。」羅德說。

「台大，我對台大也很熟，公館附近的餐廳也吃過幾家。」昭榮回。

「什麼，你也熟台大？難道你也是台大畢業的？」羅德問他。

「台大畢業？我不是啦，我不是念書的料子，就讓我考一百次我也考不上台大。」昭榮於是把在軍中服役時認識台大畢業的排長，後來借宿台大宿舍這段故事講了一遍，直說自己很幸運，有這段奇特的經歷。他在講的過程，羅德一直看著他笑。

「原來如此。你不是台大畢業，但我可真的是台大畢業的。」羅德笑著說。這下子換成昭榮睜大眼，露出一副不可置信的模樣。

「看起來不像，是嗎？」

「一點都不像。」昭榮很誠實地回答。羅德的穿著和談吐都有點流氣，跟台大人文質彬彬的想像有段距離。

「我真的是台大畢業。可是，我是僑生，我是經由比較簡單的僑生考試，回台灣念台大的。」

「你是僑生？你不是萬華小孩？」

「我是在香港出生，小時候跟著爸爸住在台灣，但年齡比較大後，又被送回香港。這是我爸爸的安排，為了讓我保持僑生的身分。這一點很成功，所以我後來才能進台大。」羅德稍微停頓一下才說：「但我跟你一樣，也不是念書的料子，念了五年才畢業。如果不是我同學罩我，根本畢不了業。真的。對本地生而言，進台大很困難，但畢業很容易。但對僑生而言，進台大很容易，但畢業很困難。程度還是有差。」

「你真的是台大畢業。」

「是啊。我有畢業證書，你要看嗎？不過，我很少提我的學歷。我念書方面真的不大行，所以也不會拿學歷來炫耀。」羅德繼續：「我很欣賞你講的那句話，考一百次也上不了台大。很多人只要經歷裡跟台大有沾上一點邊，就會說當年考試只是運氣不好，不然一定上台大。但你沒這樣講，很誠實，很好。我跟你一樣，也是一百次考不上台大的人。我們雖然跟台大都有點關係，實際上都有點距離，哈哈哈。」羅德笑得好開懷，昭榮也跟著笑了起來。

羅德更加喜歡昭榮，喜歡他的個性，喜歡他的平凡，在某些地方跟自己有相同的特質。羅德曾經被自己提拔的得力助手背叛過，那位他很信任的助手能力很強，很會講話，有一天卻突然離職，高升到競爭對手的公司，並且帶走了好幾個重要客戶，害他之後辛苦了好幾年。從此他不大信任底下的業務人員，尤其是會說大話的。但是這一年他遇到昭榮之後，稍微有點改變想法。並不是所有的業務都是狡獪的，都是貪婪而不誠實的，至少昭榮不是。

記得有次跟昭榮討論要給某一客戶的報價時，昭榮一直很猶豫，覺得報得太高，成本增加，會讓客戶的產品不好賣。別人都在想怎麼賺更多，只有他會為客戶著想。他也許不會是一個頂尖的業務，但絕對適合當個好朋友。

羅德喜歡跟昭榮一起工作。他想著，如果有一天他另創事業，一定找昭榮來合作。

在離開之前，他們一起走到咖啡廳外車道另一邊的欄杆旁，站在那裡欣賞台北的遠景。看著橫淌著的基隆河和遠近高低映著天光的樓群，在這個擁擠的都市裡，難得一見的寬闊舒爽。這時一台飛機剛好從西邊飛入，他們兩個靜靜地看著飛機，直到它平滑而緩慢地降落在松山機場的跑道上，完美的降落在一個完美的下午。

七、地震來了

再回到阿亮他們社區已經隔了七年。

昭榮的帳戶裡已經有筆存款，足夠付當年房價的頭期款。玉亭是遊說昭榮好幾次，他才點頭踏出第一步。當時是怎麼開始這個夢想的，曲折慢行，終於是回到源頭。

撥電話給阿亮，才發現電話已經不通。只好找了房仲到他們社區去看房。指定同款住屋，格局一個模樣，只是裝潢老了幾分。要離開社區之前，特地到阿亮的住址一探，果真已經搬家。

昭榮和玉亭有同樣的心得，這個社區實在太遠了，上下班不方便，即使環境十分清幽。當年覺得美好，為了生活奔波多年之後才看清，理想和現實究竟有段距離。

失去阿亮這個指標，突然間不知道怎麼找房子了。台北市那麼大，哪裡適合他們，最重要的是，負擔得起。當時台北捷運，木柵線、淡水新店線、板橋南港線已經完成，蘆洲線剛剛開通。搭捷運的人口日益增多，台北已經有捷運大城的模樣。他們也曾考慮，到沿線的捷運站附近去找。但是看到每坪單價後，立刻打退堂鼓。昭榮原本就不積極，也就更懶得去看房。

玉亭是有些失望的。但她瞭解他，昭榮跟大多數的男生一樣，把工作看得比什麼都重要，買房其次，結婚再其次。

玉亭沒有抱怨，他們的生活還是很好。每個週末她都會去市場買菜，多做一些昭榮喜歡的料理。有空的時候，開車去爬陽明山，或者到華納威秀看場電影，完全就是新婚夫妻應有的生活模樣。唯一的遺憾就是，沒辦法照玉亭的意願去佈置自己的家，所有家俱都只是暫時性採購，而且常常要忍受後面的房客進出他們缺少一點隱私的生活。

昭榮不在意，回家只是休息，只是為了明天更多的工作。

玉亭在意，為了昭榮，只能喬裝滿足，但滿足不足以填補遺憾。

玉亭只能繼續等待。

雖然只是租屋，他們仍舊過著，從任何一個角度看來都符合「幸福」定義的日常。生活像水波不興的溪流那樣平靜。

然而，沒有一條美麗的溪流能夠永遠平靜，天空會落雨，看不見的深處有伏流，只要蓄積足夠的能量，就會突然翻轉。果然，那一天海嘯來了，直湧進他們的生活，雖然波浪沒有打在他們身上，卻改變了未來的路。

二〇一一年三月十一日，當地時間下午二點四十六分，日本宮城縣牡鹿半島東南偏東一百三十公里的太平洋海域，發生規模九點零的強烈地震，引發巨大的海嘯。造成沿海岩手、宮城、福島三縣距離海岸四到六公里的內陸區域都被淹沒。

這次災害使人震驚的不只是超多的傷亡數字，而且還有影像。彷彿現場直播的受災影片迅速傳播到世界的每一個角落。

每天晚上昭榮和玉亭在家晚餐時，都緊盯著電視新聞。剛開始幾天是搖晃的畫面。路人走避，天花板掉下來，玻璃瓶罐破碎的聲音。接著出現的是海水淹過堤坊，把車子像火柴盒小汽車那樣捲走，把路徑上每棟房子都摧毀，人們尖叫著往高處上跑，來不及跑的消失在浪中。黑色混雜著一切的海嘯吞沒一切。

那幾天像連續劇一樣天天上演，也讓他們回想起九二一大地震的經歷。雖然不是真正的受災戶，但那種恐懼卻重回心頭。

「妳阿姨是在京都，離那裡很遠吧？」昭榮問玉亭。

「京都在關西，地震發生在東北。」玉亭回。

昭榮還是把日本地圖仔細看一遍，才感到安心。玉亭則說她會寫信去問一下阿姨是否有認識的人在東北遭遇這場災難。

整個事件在電視上沸沸揚揚持續很久，月底昭榮公司內部發起樂捐，昭榮跟大部分同事一樣都捐了錢。他還沒去過日本，最接近的日本親人，勉強算是玉亭的阿姨，但喚起他捐錢動機的，未必完全是同情心，更可能的是自己所經歷過的地震恐懼。

一個月多月後，阿姨回信給玉亭。

那天昭榮到新竹拜訪客戶，晚餐後才回到台北的家，當他進門，看到的是一張慘白的臉。

「怎麼了，發生什麼事？」

「我收到阿姨的回信。高橋先生失蹤了。」玉亭的聲音有點顫抖。

「怎麼會？京都離海嘯地點那麼遠。」

「高橋先生因為東北的一項工程，地震前到宮城縣短暫出差。結果在工地不小心跌倒，摔傷了腿。」

「摔傷腿？那跟地震有關嗎？」

「跟地震無關，但他被送到海邊的一所醫院醫治。不嚴重，應該幾天就會好。結果醫院被海嘯襲擊，五層樓高的建築淹到四樓高。大水退後，醫院裡有七十幾個人失蹤，高橋先生是其中之一。」

「真的假的，有這麼巧的事。」昭榮感到詫異。

「高橋先生受傷，阿姨原本還打算過去看他。結果高橋先生打電話跟阿姨說，不需要，他幾天後比較好，可以自己行動，就會回京都。他還說這裡風景很漂亮，可以聽到規律的海濤聲，就當成在這裡休息。」玉亭繼續說：「沒想到那是阿姨和高橋先生的最後通話。地震發生後，就再也聯絡不到。」

「阿姨現在呢？有很難過嗎？」昭榮問。

「當然很難過。剛開始的幾天，都睡不著，時時在等電話，知情的鄰居和友人都經常來關心。非常痛苦地等待，她信上是這麼說的。」

「阿姨會繼續等下去？」

「再怎麼痛苦，也得繼續等。除了等待之外，沒辦法做任何事啊。」

「阿姨他們的運氣實在真差。離災區那麼遠，怎麼會碰上這種事。妳會覺得難過嗎？」

「有一點點難過。」

昭榮把玉亭抱進懷裡，知道她一定很難過。即使不是為了高橋先生，也為了阿姨。現在阿姨一個人孤伶伶的在日本守著房子，等待著可能永遠也回不來的先生。而且這種孤獨的日子不知道要過多久。

「我再寫信給阿姨，安慰她。」玉亭繼續說：「但是，我也不知道該怎麼安慰她。」

玉亭難過，但至少有昭榮陪著她。他們每天都緊盯著新聞，等待阿姨的回信，能不能有好消息。但被大水沖走的高橋先生始終沒再出現，不論是奇蹟式的生還，還是一具冰冷的遺體。

昭榮沒辦法完全體會，究竟和玉亭阿姨借筆交換心情的並不是他。而這一年他在工作上卻進展得非常順利，從資深經理被擢升為協理，他把眼光從新聞拉回到自己手上的工作，三一一所帶起的負面情緒便漸漸地從他身上淡出。

但玉亭則不然，那場海嘯似乎始終沒有退去，她一直深陷其中。昭榮時常覺得玉亭鬱鬱不樂，有時候開心，笑容也只是短暫閃現。很多時候，他看不到她的內心。昭榮自己找了解釋，雖然阿姨從來沒有養育過玉亭，但究竟是她的生母，母女連心，也許阿姨需要多久平復，玉亭就需要多久。

昭榮沒辦法做些什麼，也只能等待。

秋天時，開完季會議後，副總突然把昭榮叫到他的辦公室，原本昭榮以為要跟他討論下一季的銷售預估，結果不是。

副總問他，有沒有聽說深圳的傑克要離職？昭榮回，上一次威利從深圳出差回來一起吃飯時，有聽他提一下，但不是很確定。

「威利。嗯，他說的沒錯。今天早上傑克已經遞出辭呈，確定要走，但不知道去哪。」副總繼續說：「他走是還好，對業務影響不大。但是他一走，深圳業務 leader 就沒了，沒有人可以帶那群大陸業務。」

傑克是深圳業務的頭頭，負責帶大陸業務跑大陸市場。他其實也是台灣派過去的，還不到兩年，大概也是被其他公司挖角。這個位置並不好坐，雖然是深圳業務的老大，但真正權力還是掌握在台灣總公司這邊，所以比較像「監軍」，要確保所有的大陸業務執行總公司的政策。

「你有沒有興趣去接他的位置？」副總單刀直入問昭榮。

「我？副總覺得我合適？」昭榮感到有點意外，他剛升任協理不久，台灣好些客戶都還不知道這件事，現在居然要直接調任到深圳。也許是傑克突然離職，沒有合適的接替人選。但這是個機會，這些年台商不斷遷往大陸，台灣客戶越來越少，大陸市場的重要性不斷升高。想要有發展，到大陸去歷練是有必要的。

「你在我們公司快四年了，資歷夠深，一方面可以去帶那群大陸業務，一方面也應該去大陸市場磨練一下。」副總說：「而且，你好像跟香港羅老闆很合得來，他好幾次稱讚你，幾個案子處理得很好。」

「羅老闆過獎了。我只是盡力而為。」原來羅德也有幫忙。

「你還是單身嘛。」

「對。」

「這樣也比較好。如果有家室，派外問題會比較多。」副總想了一下：「我記得你好像有個女朋友。」

「對，我有女朋友。」

「快要結婚了嗎？」

「還沒，沒有房子，怎麼結婚。」昭榮回答得快，而且很篤定。

「喔，那要努力賺錢。你知道如果你調去深圳，薪水是有加給的。可能是一點三倍，還是一點四倍，要問一下人事部。」

「有好的發展，女朋友會為我高興。」

「唉呀，男女朋友分隔兩地還是會難過的啦，但是就是暫時忍耐一下，拚個一兩年換更好的結果。」副總繼續說：「深圳生活跟這裡不大一樣，你要適應一下，應該不是問題。你在深圳要開個人民幣帳戶，將來一半薪水入人民幣，一半入台幣。人民幣你在深圳花用，台幣這邊給你家人或者女朋友。」

「台幣這邊，應該會存著，等著買房那一天。」昭榮說完，兩個人不約而同地笑了起來。

突來的消息讓昭榮感到振奮。到大陸歷練本來就符合他的人生規劃，只是沒想到比預期來得早。但這件事並不容易對玉亭啟齒。他們在一起，眼看買房的計畫快可以實現，現在暫必要再往後延。更何況玉亭因為阿姨的緣故，心情還在低盪之中，他卻要把她一個人丟下，跑去深圳就任新職。很難預測玉亭的反應，但他對新職是有期盼的，必要之時，必須說服她。

下班之後，昭榮沒有立刻回家，先到台師大的一之軒買了玉亭喜歡的紅豆麻糬。玉亭看到昭榮提著麻糬回來時，確實很高興。她說，可以當飯後甜點。

今晚玉亭準備了煎黃魚、麻婆豆腐、炒地瓜葉和排骨蘿蔔湯。當晚餐快結束，沒有其它因素干擾，氣氛良好，昭榮決定要跟玉亭說調任之事。

昭榮假裝不經意地提及深圳的傑克離職。

「傑克，是我認識的那個傑克嗎？」玉亭問。

「對，兩年前他被調到深圳，現在跳槽到別家公司。」

「這樣是好？還是不好？」玉亭繼續問。

「對他個人應該是件好事，薪水應該漲了不少。但對我們公司而言，就有點麻煩。業務上面還好，基本上總公司可以掌控一切，但是他是業務頭頭，深圳業務團隊就沒有人可以帶領了。」昭榮重複了副總的觀點。

「從團隊裡找個最資深的當頭，不就可以嗎？」

「深圳業務都還很資淺，公司還沒辦法信任他們的能力。公司覺得還是要從這邊派個資深人員過去比較好。」

「是嗎？你們公司想要派誰過去？」

「今天副總問我，有沒有意願去深圳，我說我要考慮一下。」

「你，為什麼是你？應該有人比你更適合吧。」玉亭的臉色一下子變了，變得很明顯，這件事完全不在她的預期。

「因為我未婚，而且在公司資歷也夠了，副總覺得我該去大陸磨練磨練，我跟妳說過，大陸市場佔我們公司銷售比率越來越重。深圳業務的重要性變高了，所以由一個有經驗的人直接過去掌控比較好。這也算是副總對我的肯定。」

玉亭臉上出現猶豫的模樣，太突然了，她還在思考，一下子不知道該如何反應。如果昭榮就任新職，就表示他們將分隔兩地。這麼多年來，他們從來沒有分開超過一週的時間。

昭榮牽起玉亭的手，用很溫柔的語調跟她說：「如果妳不贊成，我就跟副總婉拒，留在台灣繼續發展也是不錯。」

昭榮已經仔細想過，如果讓玉亭沒有選擇，顯得有點殘忍。所以，他試著以退為進，先聽玉亭的看法，然後再設法抹平她心中的疑慮。最好讓她心甘情願地贊成。

「你想去嗎？」昭榮溫柔的語調很有用，讓玉亭轉到昭榮的立場為他設想。

「我覺得這是個機會，練習帶整個團隊，而且可以深耕大陸市場，不論將來留在這家公司，或者像傑克一樣跳槽，應該會有比較多的可能。」昭榮繼續說：「我唯一捨不得的是跟妳分開。」最後這一句話是真心的，但如果跟自己的前途比較起來，還是前途重要，其他的都可以稍微犧牲。說是犧牲，有點太嚴重，只是沒辦法天天見面而已，應該還可以忍受。玉亭可以忍受。

但對玉亭而言，卻有些困難，她的心都在昭榮身上。原本有些事想跟昭榮討論，關於他們倆的未來計畫，現在她猶豫了，甚至必須吞回去。她感受到昭榮的意圖。雖然她需要再想想，但從她口中出來的每一句話，不許自私，只能支持。昭榮是她的最愛，是她的全部。

「要去深圳多久？」

「至少一年。但是每三個月，公司出機票錢，我可以回來一週。所以應該還好。」聽到「還好」兩個字，玉亭心底是有點痛的，她已經很習慣昭榮一起的生活，要怎麼去適應三個月的空白。但她什麼都沒說。

「你去深圳期間，我們就沒辦法繼續看房，買房。」當然也就沒有後面緊接著的結婚，玉亭顯現有點氣餒的模樣。

「買房，如果我去深圳，說不定改到深圳去買房。我們深圳分公司的總經理就是因為上任之初就在深圳置產，趁便宜時買了幾棟，結果最近房價大漲，他海撈了一票。」昭榮總算在玉亭臉上看到一絲笑容，雖然只是閃現。他決定加碼：「不，我們不只要在深圳買房子，也要在台北買，兩邊都有我們的家，將來妳如果不工作了，隨便妳愛住哪邊，就住哪邊。」

玉亭笑了。雖然是帶點玩笑性質的大話，但是她愛昭榮，願意為他犧牲一切，沒有不支持他的理由。

「你去深圳，要天天想著我喔。」

「我一定天天想著妳。」

昭榮知道玉亭耳朵軟，喜歡聽好聽的話，很容易被說服。他知道她會為他忍耐的。那天晚上，他們好好做了一場愛，做得精疲力竭才睡著。玉亭是想把自己牢牢地烙印到昭榮心底，昭榮則是覺得對玉亭有所虧欠。

調任深圳之事就這樣確定。昭榮很高興，但他感受不到玉亭心底的難過。

兩週後就在昭榮即將出發去深圳的最後一個週末晚上，他們找了東區一家氣氛很好的西餐廳去慶祝。去之前，玉亭就跟昭榮先說了，她正在考慮一項計畫，不知道可不可行，等她考慮清楚，再跟他說。

在西餐廳用餐到一半時，玉亭終於公布她的計畫：「已經超過半年，高橋先生仍然沒有消息，我知道阿姨還是很難過。我有點想到京都去陪她，雖然不知道能幫上什麼，但總是比讓她一個人孤獨承受的好。」

原來是這樣，換成昭榮嚇一跳。沒想到玉亭會有這樣的想法，但是個好主意。

「這樣很好喔。我不在台灣時，妳剛好可以去京都看阿姨，也可以順便到日本散散心。我完全贊成。妳想去多久？一個禮拜，兩個禮拜？」

「可能會超過兩個禮拜，如果時間太短，不就變成觀光，不是去陪阿姨。」

「如果超過兩個禮拜，那妳工作怎麼辦？老闆會同意嗎？」

「可能會辭掉。這一點我倒是很捨不得。工作那麼久，我和老闆老闆娘都像家人了。」玉亭說的沒錯，他們逢年過節都會收到玉亭老闆送的禮物，粽子、月餅、國外的巧克力、甚至是克什米爾的圍巾。他們對玉亭非常好，玉亭重感情，一直沒換工作。

「工作久了，有感情在，確實會捨不得。」

「沒有辦法，我應該還是會辭掉。」

「沒關係。就去京都陪妳阿姨。阿姨還是比較重要。等妳從日本回來，再另外找工作。」

這件事的決定遠比昭榮調職深圳要容易多了，也有共識。

他們繼續用晚餐直到結束。結帳離開餐廳之前，昭榮跟玉亭說了：「等我從深圳回來，我們一定安排幾天到明池山莊住一下，再到礁溪洗溫泉。我們好像好久沒去了。」

「一定要。」玉亭張大眼睛，很篤定地回答。

幾天後昭榮就出發去深圳。暫時把玉亭放下。

往深圳的路上，昭榮回想過去幾年的工作。從前一家到這一家公司，從國內到海外業務，現在他好像是一個銜命赴外的將領，即將接手屬於自己的作戰部隊。這就是成就，他心裡想著，甚至感到些微的驕傲。然而能夠走多遠呢？他不知道，但夢想在前，他絕對全力以赴。

第二天早上到深圳辦公室報到時，昭榮發現羅德已經在那裡等著。他們兩個看到對方時，同時揚起笑容。昭榮知道他的新日子要開始了，不知道戰場是什麼模樣，會是失敗痛苦，還是歡樂收穫比較多，但他很肯定，有羅德在，一定會陪他到底。

八、羅德的好意

在深圳的工作與生活沒有昭榮預想的那麼容易。

雖然底下部屬都畢恭畢敬，尊稱他為老闆，但總覺得和他們之間隔層紗，無法完全瞭解這些人的想法。一些簡單的事情被搞得複雜，不重要的例行公事拖到變緊急，結果他老是在收拾殘局。也許是因為兩邊的教育制度差異，所以思考邏輯不同。更可能是因為政策決定在台灣總部，他和部屬都只能聽命行事。然而以他目前的能力和外派新鮮人的身分，還無力解決這些結構性的問題。

至於在私人生活方面，他很快感到倦乏。新鮮期一過，下了班或到假日就懶得出門。沒有玉亭相伴，他對逛街、壓馬路，或爬山、看電影，完全失去興趣。只有當羅德剛好也來深圳拜訪客戶時，兩個人一起行動，昭榮的心境才有機會轉好。

羅德是識途老馬，會帶昭榮去吃好料理，常給他驚喜。再則，如果工作順利，他們會去ＫＴＶ慶祝，點個女生，喝酒唱歌歡樂幾小時。但是昭榮不再每次都帶小姐出場，因為不是每個女生都像妮可那麼單純，許多小姐逢場作戲只為讓客人掏錢。而且即使他帶小姐出場，也很少再讓小姐留宿。所以，昭榮也就慢慢成為羅德口中分類，人數最多的那一群，現實的客人。

初開始的理想性總讓人誤以為自己與眾不同，但經不起時間的考驗，平庸化是必然的趨勢，最終大家都一樣。昭榮不過是從妮可的天真中甦醒，回到眾人皆如此的常態而已。但他不會因此而感到失望，仍舊對自己保有信心。

撐過三個月後，昭榮返台述職，有短暫的假期，晚上理所當然回到他和玉亭的租屋。租屋裡外都沒變，只是玉亭不在了。在他回來的前十天，她出發去京都。昭榮打開衣櫃，有一半是空的，玉亭帶走她大部分的衣物。雖然知道這是短期，只是一場遠遊，昭榮第一次領略濃濃的孤獨感。

衣櫃裡玉亭留下一封信。信裡頭主要是交代，鑰匙、存簿、重要文件保存的地方，也交代各式帳單如何繳納。只是在末了，玉亭特別強調她會天天想著他，也要他經常想她。短短幾句話，讓昭榮感到甜蜜，又有點心酸，不知道什麼時候才能再看到玉亭。

家裡沒了晚餐，昭榮都外食。吃完飯後，茫然，不知要走去哪裡。這時候才發現，不論在深圳，還是在台北，他的無處可去其實是因為玉亭。沒有她，日常就失去重心。昭榮下班時感到空虛，躺在床上記起寂寞，在搖晃的人生時刻思念著玉亭。

其中一晚，特別回常去的小吃店吃晚餐。結果走到門前才發現，已經換人經營，變成日式拉麵。他想起老闆娘跟他說之事，猜想她女兒已經在日本畢業，夫妻倆了無牽掛，退休返鄉。那是幾年前的事？大家都往前走，沒人能停留在過去。

吃完拉麵之後，昭榮散步回台大，曾經熟悉的地方。沒想到校門口附近一棟暱稱為洞洞館的建築居然不見，四周圍起柵欄。昭榮在柵欄旁枯站一陣子，看著被抹平的校地，努力回想原來的模樣。不只是小吃店，連巨大的建築也會消失，這些意外的改變給人帶來淡淡感傷。昭榮突然想念起離開台灣之前和玉亭共有的那段平靜歲月。

昭榮試著重新振作，想要甩掉過度念舊的情緒。他看向未來，想像一年之後的樣子。他應該還在深圳，新的洞洞館大概還沒好，但玉亭肯定是回來了，這讓昭榮在孤獨之中感到一絲希望。

一週之後，他返回深圳，收到第一封玉亭從京都寄來的信。再看到玉亭熟悉的字跡，昭榮心裡湧起一股暖意。

第一次來到日本，很興奮。但我對進出關的手續不大瞭解，很多地方都費了一番功夫才過關。不過，還是順利拿到行李，搭著電車來到京都車站。

阿姨看到我時很開心。帶我去吃飯，帶我在京都車站四處走走逛逛。但只要提到高橋先生，從她臉色就看得出，她非常的難過。所以，我也會盡量不要主動提到高橋先生。已經這麼多個月過去，生還回來的希望應該也不高，只能把關心留在心裡。

第一天我們逛過京都車站之後，就又搭電車回向日市阿姨的家。阿姨的家在巷子裡，是一棟兩層樓的建築，樓下是客廳、餐廳，樓上有三個臥室，都不大，有點陳舊，而且塞了很多東西。阿姨說這是高橋先生從小長大的地方，所以堆成這樣，甚至還可以找到高橋先生中學時代的筆記本。可以說是一個充滿回憶的地方。

你知道我的方向感不大好，所以不大敢一個人走出去，怕找不到回阿姨家的路。所以阿姨在家，我會跟著她到附近去買菜或逛街，但是阿姨去上班時，我就只敢待在家裡。這裡雖然是郊區，但是還算方便，巷口就有便利商店，再走幾步路就有餐廳和超級市場。但我們多半在家裡煮來吃。

第一個週末阿姨帶我去逛錦市場和清水寺。我在市場吃鰻魚捲、章魚燒和糯米團子當午餐，每一樣都好吃。逛了寺町通一陣子後才跑去清水寺，沿路有很多日式的古建築和一堆穿和服的年輕女孩。和服很美麗啊，希望有機會也可以穿穿看。清水寺是京都最有名的寺廟，觀光客很多，但真正漂亮的季節是櫻花或紅葉的季節，現在都沒到。但即使如此，還是很棒的一間寺廟。我們在那一帶逛了一下午，吃吃喝喝，到晚上很累了才回家。

京都真的是一個觀光大都市，很多地方都值得一逛。希望你有機會來，跟我一起逛京都。阿姨一定很歡迎你。

你在深圳的工作怎樣？有沒有很順利？不管如何，你記得要想想我喔。只要想到我，什麼煩惱都會忘掉的。

看樣子玉亭去京都很順利，也適應得很好。昭榮很快就寫了回信。在信中他簡述了最近在深圳的所見所聞，但對工作上的困難著墨不多，他不希望她擔心。在信的末了，最後一句寫著他天天都想著她。昭榮是瞭解她的，只要這樣寫，即使不是事實，她收信都會感到快樂。

之後，玉亭一兩週左右就會寄一封信給昭榮，究竟還在新鮮期，都在說又去了什麼新地方。昭榮並不是每次都回信，但玉亭可以理解，因為工作忙，未必抽得出空。這有點像昭榮當年當兵那樣，他們又成為跨海的筆友。

上次跨海是一彎窄窄的台灣海峽，這次跨海可就遠多了，但對他們兩個而言，距離已經不是問題，但時間是。上次役期結束就可以相見，這次呢？

大約昭榮到深圳半年後，有一天羅德突然來找他，說要一起吃晚餐。沒什麼事，只是聊聊天。昭榮當然高興，就約在深圳保利劇院旁購物中心的一家韓國料理店。餐廳是羅德挑的，吃銅鍋烤肉。

在餐廳裡羅德先請服務生端了幾道小菜過來，昭榮嚐了一下，非常喜歡韓國泡菜，味道濃郁，而且不辣。

「我個人最喜歡泡菜炒年糕，你要不要吃吃看。」羅德說。

有泡菜做底，年糕Q彈，確實別有一番滋味。羅德的推薦每次都切中昭榮的胃口。

接著他們開始在銅鍋上烤肉片，同時隨意聊天。剛開始只是生活瑣事，後來也談到公司產品。

「你們這次推出的新產品很難賣。」熱氣蒸騰中，羅德一邊在銅鍋擺上肉片，一邊說出這句話，眼光還在銅鍋上。大約兩週前，昭榮公司推出新產品，羅德剛剛拿到價格表不久。

「會嗎？雖然我們推出產品的時間晚一點，但是規格設計得非常好，跟其他家應該很有拚啊。」昭榮聽他說，順手放下手中的筷子，眼睛轉到羅德身上。

「你們出來已經比較晚，價格又貴，你叫我怎麼推？」羅德還是盯著銅鍋，筷子移去把前批上架的肉片翻面。

「我們產品的工作頻率比較高，速度快啊。」

「啊客戶就用不到那麼高的頻率，競爭對手那種速度已經綽綽有餘。你們這項規格是多的。真的，便宜一點比較實在。」

「我想，設計產品要有未來性，客戶應該會考慮新的產品要提高速度吧。」

「現在產品都賣不進去，哪會有什麼未來。」羅德繼續說：「這個市場我已經跑很久了，幾個大客戶的採購我都很熟，都跟他們預告產品要出來了。但是如果是這個價格去，一定被打槍。浪費我請他們吃那麼多頓飯。」

「不會吧。努力推推看。真的有困難再說。」

「市場不能這樣玩的啦。有時候要狠一點，One Shot 就搞定，讓別人根本來不及追。」羅德終於回過頭來，看著昭榮，很少見他這麼嚴肅。

「你覺得太貴，那要降多少？」昭榮問。

「至少三塊美金。」羅德的提議讓昭榮嚇一大跳，原先他以為羅德的要求可能是零點五元。新產品還沒推出就先降三塊美金，太誇張了。

「不可能啦，公司怎麼可能同意。」

「如果只降一點點，你想那些採購怎麼去說服他們公司換供應商？如果是一口氣降三塊錢，對那些採購而言，為公司省了那麼多錢，就是大功一件。」

「話是這樣講沒錯，可是我們公司會損失很多利潤。」

「如果你們什麼也沒賣出去，那損失才多哩。」

「副總絕對不會同意的。」

「所以，我才需要你的幫助。」羅德鄭重地說。他的眼睛雪亮，非常清楚他在說什麼。

「我？」昭榮有點訝異。

「對，我們兩個一起合作去說服你們副總。」

「怎麼合作？」昭榮還是不清楚，但顯然羅德是仔細考慮過，不是突發的。

「我準備所有的數據，市場有多大，競爭者價格是多少，你們的價格與之相比，降多少可以拿到多少市場。如果是原本的價格，不客氣，我就寫零。你拿這些數據回去說服你們副總。」

「你可以直接找我們副總談，去說服他。」

羅德停下夾肉到昭榮盤中的動作，往後微移，坐直了身子，笑了起來。笑容彷彿在說，你想得太簡單。

「你副總一定會認為我在騙他的啦，只是想多賺一點利潤。我是代理商，你副總會懷疑我的數據。」羅德繼續說：「但你不一樣，你是領薪水的，你是他的人，公司賺多賺少，你領一樣的薪水，所以他會相信你。你才有說服力。」最後一個「你」，羅德特別加重音。

「你要我去說服副總？」

「沒錯。」

「我恐怕沒有那種能力。」

「你有。只要你願意。但是這究竟不是一件容易的事。」羅德在這裡停頓一下，好像經過慎重考慮，往昭榮的耳朵靠過來後，輕輕地說：「如果做得成，為了感謝你的努力，我會把售價百分之五分給你。」

這次換昭榮停下所有動作，他實在太驚訝，他從來沒有想過之事。羅德要收買他。

「這不就是，回扣。你要我收回扣。」

羅德大聲笑了出來，原先的嚴肅不見。

「哈哈哈，這不叫回扣啦，只有採購才會收回扣。這個叫做績效獎金。」

「績效獎金？」

「如果你賣得好，你們公司不是會發績效獎金給你。你只是提前領績效獎金，避免你們公司忘記。」羅德繼續大笑。

昭榮全身上下突然有種奇異的感受，像起雞皮疙瘩。這即使不是一件違法的事，至少也是違背自己的良知。以前只聽人家傳說，現在居然可能發生在自己身上。昭榮瞭解人生是複雜的，不是非黑即白，對錯只在人心。他好像開車來到一個人煙稀少的十字路口，左右都沒來車，看起來安全，但是亮著紅燈，他到底該不該往前走。昭榮猶豫著。

「這是三贏的策略。我拿到訂單，你們公司賺到利潤，你有績效獎金。如果不這樣做，就會三輸。」

「只要能降三塊錢，我第一張單子就是三千個。不是三百五百，是三千喔。你可以自己算一算有多少績效獎金。」

「你不要以為我沒有風險喔，三千個如果賣不出去，這筆庫存就會把我自己壓死。所以，我得努力的賣，你說對不對。怎麼樣？我們一起合作吧。」

昭榮心裡有點混亂。勸說、合作、訂單、績效獎金。他大可以回說，不要那5％，但還是幫忙說服副總，讓羅德賺錢，而仍然保有自己的道德高度。但他說不出口，究竟抵擋不住誘惑。而且他覺得羅德很欣賞他，他們是好朋友，絕對不會害他。羅德只是想在壯大自己事業的同時，助他一把，如此而已。自己內心裡這樣解釋，如果沒有接受，就太不近人情。

之後的對話，連昭榮都記不大清楚，只記得羅德做結論的那句話：「以後只要我出貨的次月底，我會把5%匯入你深圳的帳戶之中。」

隔幾天昭榮收到羅德email送來的許多資料和簡報，各式各樣的利弊分析，結論就是要降價才能達到預期的銷售目標。他們在電話上溝通了好幾次，羅德要確定昭榮瞭解簡報內容，能清楚表達。昭榮下一次回台北參加會議之時，便抓時間，單獨對副總做了報告。副總起先也是震驚，沒想到市場的變化這麼劇烈，他跟昭榮說，需要時間求證一下。接下來幾天直到昭榮返回深圳，副總都沒有再跟他討論這件事。原本他以為沒希望，沒想到幾天後接到羅德的電話，喜滋滋的說，副總跟他討論好幾回，最終同意降價三塊錢美金。

「恭喜你！」羅德跟昭榮說：「新產品一推出立刻就有三千個的訂單。」

昭榮一下子好像心上石頭落地一樣，原本緊張的心情獲得紓解。第二個月月底他特地查一下自己的人民幣帳戶，確實有一筆錢入帳。後來他和羅德說定了，一些特殊的案子才會用這個方法合作，並不是適用所有案子。只是一部分而已，這讓昭榮的愧疚少一些。

昭榮的愧疚羅德感受得到。如果昭榮眼中只有貪婪，羅德也不想要合作。就是因為昭榮的特質誠實善良，而且跟他一樣，學業光譜上都是邊緣人，所以他才會喜歡昭榮。本來是想將來如有合適事業，可以一起奮鬥，但是不知道要等到什麼時候，乾脆現在就用這種方式合作。原本他不需要給昭榮那麼高的分潤，1%或者至多3%，但是因為欣賞他，一口氣就給了5%。羅德並不在乎錢，但他真的很重視和昭榮之間的友誼。

羅德的人生不似他光鮮衣著那樣美好。他的婚姻非常糟糕，因為經常應酬出差，妻對他的常態性缺席充滿怨懟，婚姻早就在離婚邊緣。而他的獨子跟他不親。羅德想複刻他自己，讓兒子也可以拿到台大文憑，但兒子在不同學校一直適應不良。羅德缺少他父親在他身上所施下的魔法。而羅德自己的公司，表面看起來十分風光，但如果不是因為他還有一點家產，早就會因擴張過速，資金周轉不靈而倒閉。羅德一直在家庭和事業衝撞引起的風雨中擺盪，而人沒有辦法在長期的混亂之中存活，他需要某種穩重的感情來錨定自己的內心，支撐自己。而他和昭榮之間的友誼就是他的寄望，也是他所能控制的。

他和昭榮之間的約定當然不能行之文字，完全依賴彼此的默契。但從此他沒有漏掉任何一筆，一定要財務經理確實執行，即使只是一張小單，結算出來的金額只有三百二十六元人民幣。羅德珍視自己的承諾。

在羅德的幫助下，昭榮在深圳的表現漸入佳境，到年底統計出來，銷售額比去年成長約8%。第一年在深圳當主管，成績還算不錯。昭榮應該要高興的，但就在這時候卻發生了一件事情，讓他非常難堪。

有個業務員發現市場上有人在低價販賣公司的產品。剛開始大家都認為那是仿冒品，品質一定有差。於是透過代理商去買回來，拆解研究。沒想到居然是公司的正品。大家都愣住，怎麼會有人以低於製造成本的價格在市場上販售。這不但是流血輸出，還打亂市場行情。

昭榮決定要調查清楚。他要求代理商透過網路去跟賣家接觸。代理商幾經波折，終於接觸到賣家，結果令人意外，賣家居然是公司裡的現職工程師。工程師因為展示、測試，或者讓客戶試用，會從倉庫領出一些產品，這些產品一旦拆封用過，就會被登錄為廢料，不再入倉。有一個工程師居然把這些「廢料」收集起來，拿到網上去販賣。知道這個結果，昭榮非常震驚，廢料的數量很少，怎麼會有人腦筋動到這種蠅頭小利上。

公司在深圳有一組三個人的工程部，主要職責是客戶服務。公司因為節省人力，並沒有從台灣派一個技術主管來管理，慣例是由業務部主管兼工程部主管。所以這三個工程師屬於昭榮的管轄。但昭榮是業務，對技術瞭解有限，現在出事了，責任還是在昭榮身上。

昭榮打了電話跟副總詳細報告這件事。這件事對公司的業績或商譽傷害不大，但就是一件內部管理出包的問題。副總的指示很明確，低調處理，立刻讓工程師走人。

於是，昭榮把工程師約到會議室中面談。工程師矢口否認，表示這件事跟他沒有關係，不是他做的。但是，當昭榮說要發資遣費給他，要他立刻離職時，工程師雖然憤恨，卻沒有明白的反對之意。錢，還是解決問題的最佳手段。當工程師離開之後，昭榮獨自在會議室裡沉思，平復自己的情緒。他發覺自己真的不瞭解手下這些年輕人，因此而感到沮喪。但他知道不能讓沮喪駐留太久，還是得打起精神往前走，昭榮有他的夢想。

這個事件處理得還算明快，三週就落幕，但是不到一個月公司就公佈，要將昭榮調回台灣。昭榮覺得詫異。副總跟昭榮解釋，安排他外派只是給他磨練，一年應該夠了，總公司這邊比較需要他。副總特別強調跟工程師事件沒有關係。但是，昭榮很難相信工程師事件沒有影響，本來以為至少會在深圳待個兩三年。

要回台灣的前夕，他收到玉亭的來信。

阿姨決定要搬家，她買了東醍醐市營住宅的一棟公寓，打算搬過去。之前我就跟你提過，她有在考慮，終於下定決心。

這棟舊房子裡都是高橋先生的東西，阿姨睹物思人，每天睜開眼都不好受。而走出家門，經常遭遇鄰居異樣的眼光，不對，應該說是同情的眼光。我們幾次在附近餐廳吃飯，認識的老闆甚至堅持不收費，只為了表示對阿姨的支持。如果高橋先生不會回來了，阿姨會希望早一點回到正常的生活，比較希望鄰居以平常的態度跟她相處。如果沒辦法改變鄰居，那就只好搬家，到沒有人認識的地方，重新再來。另外還有一點，阿姨的工作就在醍醐車站旁邊，她早就有搬近一點的想法。所以，要搬家了。

舊家也不打算賣，就這樣擺著，說不定高橋先生哪一天會回來。

搬家其實很麻煩，要整理、打包，請搬家公司運過去後，還要打開、重新安排，很多很多事要忙，還好我在這裡，可以幫阿姨搬家。不然，她一個人一定忙不過來。這幾天我們已經開始整理。

新家那邊離市區要近一點，交通更方便，同時是一個有名的觀光景點，醍醐寺，你有聽過嗎？聽說跟豐臣秀吉有點關係。這我不大瞭解。等我們搬過去，熟悉了，我再跟你說，有什麼新發現，有什麼有趣的地方。

你的工作還好嗎？上次你跟我說，遇到一個棘手的案子，要追查你們公司賣出去的產品，後來怎麼樣，有解決了嗎？希望不會太影響你的工作。

沒想到阿姨真的要搬家，這樣玉亭這一陣子應該不會回台灣。反而昭榮要先回去，這也是沒有預料到之事。

昭榮在收拾時，捨棄大部分東西，只帶著原來的行李回台灣，好像要回到出發的原點，什麼都沒改變。但這樣說也不對，他有羅德，有耕耘大陸市場，也嘗試帶領一支團隊。以一年的時間換取這些成果，值得嗎？那麼代價又是什麼？如果他留在台灣，玉亭應該不會去日本，他們會繼續看房，買房，然後結婚。昭榮問命運這個問題，命運什麼都沒回答，鋼鐵一般的緘默。

臨走前，辦公室的同事一起請他吃一頓飯。大家跟他敬酒時，都說他一定是受到重用，準備要高升，跟他恭喜。雖然已經一起工作一年多，看著他們，仍然無法分辨，這究竟是真心誠意的祝賀，還是形式上的場面話。總之，這已經不重要，他要離開了。深圳所帶來對未來的美好期望，緊接在小吃店和洞洞館之後，也要從他的人生中消失。

九、由陌生到熟悉

冬雨絲落中昭榮拖著行李箱回到台北，懷裡有路上的冷清和一個人的寂寞，有種歸零的感觸。他想起去深圳前跟玉亭吃晚餐，還笑著說要在深圳買房子。事實是殘酷的，房子只是幻影。如果失落有玉亭分擔，感覺或許好一點。

昭榮打開衣櫃，把自己的部分重新填滿，玉亭的仍舊空著。房子在很多地方都提醒他，玉亭不在。他還不習慣早歸的孤獨。如果她在，見到他，一定會說，我們不要深圳的房子啊，老天就是要我們在台北買房子嘛。有她這番話，昭榮心裡會舒坦許多，但她還在日本。

昭榮也沒有理由去催促玉亭，那太自私了。現在真正需要幫助的是阿姨。阿姨一定很高興親生女兒回到自己身邊，重拾失去的天倫之樂，可以稍微慰藉另一半生死未卜的悲苦。

昭榮拿起筆，給玉亭寫了回信。他告訴她，應該多陪阿姨一段日子。高橋先生仍然行蹤不明，而現在搬了家，很多事物需要適應。至於他自己的工作，如副總所說的，深圳這一年多只是磨練，現在回來，因為有更重要的任務等著他。他不要玉亭擔心。

寫完信，放下筆，昭榮又開始想念玉亭。他們已經一年多不見，昭榮心裡像石砌城堡的意志正在傾頹，他沒有他想像的那麼堅強。

昭榮只能繼續守著家，等玉亭回來。

第二天到公司上班，一早就被叫進副總的辦公室。副總找他談。

「回來，一切都很順利吧？」副總問。

昭榮不確定副總是在問深圳交接之事，還是回到台北他的私事，但是這無關緊要，答案只有一個。他說：「很順利，沒有什麼問題。」

「那就好。」副總繼續：「大陸市場跟台灣不大一樣喔，這一年有沒有什麼體會？」

「大陸市場很大，而且變化得很快。大陸員工不大容易管理，他們的思考邏輯跟我們不一樣。」

「因為你是空降的，跟他們沒有任何淵源，所以管理上比較吃力。但是學個經驗也很好。」副總說：「我跟總經理有在討論，也許應該長派，一次待個五年十年的會比較有效。」

昭榮已經有一年經驗，對深圳有相當的瞭解，但還不是很確定自己是否適合長駐。

「先讓你們幾個資深的業務輪流派駐深圳，有些經驗後再來確定。」副總說：「但也不一定從台灣派過去。當地業務中如果有很資深，忠誠度好，能力又不錯，也可以考慮從那些人中升任。都有可能。」

副總這一番解釋讓昭榮稍微釋懷，並不是因為工程師事件他才被調回台北。但副總的意思看起來，是要他們彼此競爭。在企業裡競爭是常態，未來不是靠分配。那麼，昭榮該努力爭取嗎？把工作事業、玉亭和對自己的期望，加總考量，他還理不出優先序，而且此時彼時的想法也不一致。譬如他要出發去深圳之前，眼中只有新職，玉亭被放諸腦後。但當他回到台北，一年多不見玉亭，又重新體會她的存在高於一切。人心是浮動的，受制於關鍵時刻的內心衝動。

「談這些都還太早。我們還是得回頭看手頭上的案子。公司要先賺錢最重要。」副總說的是實話，幾年後的事以後再說，他繼續：「現在威利被派到深圳，他原先的客戶由你接手。應該不難。」

「我和威利有在電話上討論過。大部份客戶是老客戶，我去深圳前就經手過，只有幾個是新客戶，應該沒有問題。」

「我想也是。你pick up應該很快。至於新客戶之中，有一個叫做博達科技的，我覺得比較重要，比較有潛力，要好好守住。」

「威利也跟我提過這家客戶。」昭榮附和。

「我們培養很久，威利和工程師跑過好幾趟，很不容易。他們好幾個案子都design in我們的產品。如果測試沒有問題，幾個月內應該會下單。」「他們人也還不錯，我見過幾個。採購經理是個老實人，應該不會特意刁難我們，不過，實際負責的是他手下的蕭小姐。蕭小姐很精明，頭腦清楚，比較不容易應付。」

「副總的意思是，沒辦法靠吃飯和喝酒拉關係。」

「這當然也是。我是說，她對價格要求很低，品質要求很高，事事都看得很仔細，所以會比較麻煩。」

「沒關係，我有耐性跟她耗。副總放心。」

「好吧，等你接觸後再看看。」副總接著說：「你好像跟羅老闆合作得很愉快，而且成果也不錯。」

「羅老闆是市場老手，在深圳時他對我幫助很大。」

「那香港代理商這一線還是由你來管理，可以嗎？」

「沒有問題。」昭榮突然想起來，要回台北之前，羅德有跟他提到有另一個案子要跟他「合作」。能夠與羅德繼續維持業務關係，這樣最好。

副總說完這番話後，結束會談，昭榮在台北的工作重新開始。

昭榮有特別關注博達科技這家客戶，剛好沒多久，公司產品出了一個小問題，也趁這機會認識了幾個主要負責人。

他接到採購蕭小姐的電話，說他們產品規格書上的某項數據好像是錯的，要他查一下。經過他與研發工程師求證，發現資料確實寫錯。於是，昭榮請工程師更正後，帶著印好的規格書去拜訪了博達科技。

當他和蕭小姐見面時，感到有點意外。原先從電話中平直冷靜的語氣聽來，以為會見到一個精明幹練的中年婦女，結果不是，而是一個漂亮的年輕女子。

「叫我莉今就好。以後還有許多地方要麻煩你。」他們換過名片後，莉今說的第一句話，很客氣，沒有採購常有的那種咄咄逼人。

「不好意思，匆忙之中有錯，規格書上確實寫錯了。」昭榮說。

「你們這產品剛剛出來，修正是難免的。只要確定了就好。還讓你特地跑一趟。」

「應該的，你們是我們很重要的客戶，副總有特別交代，千萬不能怠慢。不論大小問題，盡管找我，我會負責到底。」

在商場的棋局上，蕭小姐今天主攻，昭榮防守。蕭小姐只用了三分力，而昭榮防守得還算得體，彼此的印象很好。但昭榮從蕭小姐俐落的對答中發現，她的邏輯清晰，思慮靈敏，難以用話術敷衍，以後跟她談價格和交期將會是一場硬仗。但昭榮究竟是個老業務，會保持耐性，以事實求是的精神來跟她周旋。絕對不許這客戶從他手上溜走，他有信心。

蕭小姐似乎也不是絕然冷漠，在對話中偶而露出滿意的淺笑還顯得有點迷人。昭榮想要在溝通的頻譜中找出幾條共振頻率，不從公事，打算從她的嗜好著手，但她對什麼有興趣呢？

昭榮知道這不急，以後有的是機會，他會好好留意。

回到家，看到玉亭又來信，昭榮的心思回到她身上。玉亭提到搬家後的情形。

搬家好辛苦。舊家要整理打包，新家要清洗布置，有時候要兩邊跑，好累啊。不過，終於可以告一段落，在新家開始新的生活。

新家在三樓，只有二十幾坪，兩間臥室，我和阿姨各住一間。雖然不大，但是我們兩個人住剛剛好。家裡不會顯得擁擠，整理起來也很容易。最重要的是離阿姨上班的地方很近，只要走路就可以，不用像以前那樣搭車又轉車，很麻煩。

新家面向東邊的醍醐山，山不高。有幾天早上起來山頭飄起雲霧，從陽台看出去非常漂亮。聽說醍醐寺是賞櫻看紅葉的名所，紅葉季節已經過了，但櫻花快到了。等櫻花開，我去看看，有多漂亮，再跟你說。

這裡是一個大型的住宅區，基本上是跟地下鐵的醍醐站連成一塊的。生活機能十分齊全，購物中心、超市、餐廳、幼兒園、運動中心、病院，全部都有，甚至還有一塊醍醐共同墓地，生老病死全部在一起，是不是很方便？這樣講是不是有點奇怪，哈哈。

阿姨只要去上班，我是沒什麼事的，頂多去買買菜，或者辦些阿姨交代的雜事。所以，阿姨有跟我建議，要不要去專為外國人舉辦的日語學校上課，好好把日語學起來，這樣也才可以讓這次的日本行有實際的收穫。雖然我在台灣有上過日文課，但只是學了皮毛而已，日文對話完全不行。如果可以趁這個機會把日語學起來，應該也是不錯的主意，我是有點意願。可是看一下招生簡章，上課至少半年一年跑不掉。這樣我要回家的日子就得往後延，很久沒有看到你，我很想你。想到要再隔很久才能回去，我會覺得有點難受。你覺得呢？我要不要去上課呢？

讀完信，昭榮的內心裡想的是，妳就回來吧，我也很想妳。但他實在不能這麼做，這是個好機會。在日本學日語，周遭都是日本人，每天練習講，學起來應該很快。一日學會日語，不只將來旅遊時可用，甚至可以增加自己的就業條件，台灣有很多日商需要會說日語的雇員。所以，應該趁這段時間好好學日文。昭榮很想為自己的寂寞叫玉亭回來，結果他卻必須勸她繼續待下去，再忍耐個一段時期。

昭榮寫信去後，玉亭也回了信。她接受他的建議，去上日文課，每天下午要到學校去上學。重新回來當學生，覺得很新鮮，可是經常有課後作業，這就讓她有點苦惱。然後，花季來了，到處是櫻花。玉亭很興奮地寫了信。

櫻花盛開好漂亮啊。

從新家走到醍醐寺不用十分鐘，而且要賞花根本不用進醍醐寺（進寺要錢，而且很貴），光是外面那條參道就美得令人陶醉。一條幾十公尺的走道，頭頂幾乎被粉白的櫻花所覆蓋，真的是非常非常漂亮。我每天早上吃過早餐後，趁著觀光客還沒來，就跑去醍醐寺看櫻花。看著花每天變化著，從一點點開，到最後滿開，真的是美好的過程。你應該也來看看的，可是今年太晚了，等到你飛過來，恐怕櫻花全謝了。阿姨說，花開只有一兩週，花謝之後綠芽就冒出來了。每年都是這樣循環。明年如果我還在這裡，你一定要來看看，我只想跟你一起看櫻花。

現在京都到處都是人，不只日本人，也有很多國外觀光客。許多著名的景點像清水寺、嵐山、金閣寺、銀閣寺，擠滿來拍照的人，其實這也有點麻煩。我如果去逛，都會想辦法找人少的地方去。

我覺得稻荷大社就很棒。一方面它離新家不遠，都在京都的南邊。另一方面它是免費的，什麼時間都可以進去，不像其它有名的寺廟，時間到了會關起來。雖然它的訪客也是很多，可是它的腹地涵蓋整座山，離開著名的千本鳥居到山上，人就少了。所以總是可以找到安靜的角落。我有時早上會騎著腳踏車到稻荷大社，趁著人還不多去逛逛。

等你來京都，我也要帶你去看稻荷大社。

昭榮讀著玉亭的信，也對京都熟悉起來。雖然，沒辦法立刻飛到京都去陪她，但只要玉亭提到的地方，他就查地圖看照片，無形之中，好像跟著玉亭旅遊京都。哪天真到京都和玉亭一起，說不定還會有舊地重遊的感覺。

昭榮回信，把自己的感受跟玉亭說了，要她可以跟他多說一些。雖然相隔很遠，兩個人的心思趨向一致，又有點像年輕時在談戀愛，玉亭覺得很甜蜜。

昭榮說不出為什麼。在深圳時孤獨一人，無數個百無聊賴的晚上，他不會想到玉亭。但是回到台北，同樣也是一個人，卻常常想起玉亭。也許是因為這裡是家，他曾經和玉亭在這裡共同生活了七年。那七年原本平淡的日子，經過分離的淬鍊，生出了不一樣的滋味。

為了把日子填滿，昭榮重新去上英文課，並且經常和同事約，週末去爬山。然而他最期待的還是玉亭的來信，送來關於京都生活的一切。從來信中看出，玉亭漸漸愛上京都，而他也跟著喜歡。京都生活好像是他們同居七年之後新抽出的綠芽，而且慢慢形塑了他們的未來夢想。

另一方面，幾個月後傳來好消息，博達科技終於要進行量產。

工程部經理簽了樣品承認書，採購也發小量訂單。為感謝客戶的支持，昭榮邀請相關人員吃飯慶祝。客戶這邊是工程部經理、採購經理和莉今，昭榮則帶著一個資淺的業務，總共五個人。他讓年輕的業務挑餐廳，年輕人跟他推薦南京東路上一家音樂餐廳，創新的台菜，晚一點還有樂隊演唱。昭榮沒去過，決定試試看。

週五晚上昭榮和業務先到餐廳，大概十分鐘後，三位客戶才搭計程車抵達。工程部經理和採購經理還是那副老樣子，但是換了一身輕便服裝的莉今卻令人眼睛一亮。

過去這段時間，昭榮和莉今見過幾次面，都在小會議室中。不是討論出貨數量和交期，就是研擬簽約文件。昭榮想拉近距離，卻始終找不到著力點。莉今的聲調總是冰清水穩，不帶有任何感情，絕少談論自己。昭榮欣賞她的專業能力，但也難以再進一步。今晚不一樣，換一身穿著好像變個人，昭榮突然有很好的預感。

他們點了幾樣菜和啤酒，敬完酒之後邊吃邊聊，氣氛非常輕鬆，談到打球、爬山之類的興趣和最近電視上的一些八卦話題。大約過了八點半，現場一支小型樂隊開始演奏，一個女歌手唱九零年代的英文老歌。

這時他們幾乎都吃飽了，只剩甜湯和水果。女歌手唱起一首節奏強烈的快歌，像是U2的歌曲。旋律是那麼熟悉，昭榮突然回想起學生時代學弟的舞會，心中捲起一股暖流。這時坐在對面的莉今，不自覺地隨音樂搖擺，但她逐漸燃起的熱情沒有獲得共鳴，居然率性地站起身往前走。有幾個客人正在樂團前面的一小塊舞池裡頭跳舞，莉今直接加入他們。

剩下的四位男士吃驚地看著彼此，都說應該有人過去陪莉今，互相推託。木訥的工程部經理和年邁的採購經理顯然對跳舞不行，年輕的業務則缺少實際經驗，答案在昭榮心裡。沒有猶豫多久，昭榮也站起來，走向舞池。

昭榮順著節拍靠近莉今，眼前出現一張略顯潮紅的笑臉。他想起玉亭，但莉今不是玉亭，他知道。

「你也喜歡跳舞？」莉今先開口問他。

「以前學生時代常跳舞，但好久沒跳了，覺得這音樂很熟悉。」昭榮回。

「這是老歌，就是因為老歌才吸引人，你不覺得嗎？」

「對，讓人想起以前的日子。」

他們沒再說話，專注於各自的舞步。

過了一會兒，快歌結束，換成慢歌。昭榮聽出來是「Right Here Waiting」。以前學弟開舞會時，如果有人想要追求心儀的女生，就會去拜託學弟放這首舞曲。莉今沒有回座，昭榮當然也就順勢邀舞。

「你看起來不像愛跳舞的人。」換莉今說。

「以前學生時代很瘋，但已經很多年沒跳，舞步都快忘光了。」

「都一樣啊，我也是學生時代跳舞。現在再跳，有點回味的味道。」

「跳舞，讓人回到過去，感到年輕。」

「對。所以我喜歡跳舞。」莉今回答時，眼睛定定地看著昭榮，餐廳的特殊燈光在她臉上變幻著，她看起來非常漂亮，讓昭榮有種陷落的感覺。陷落在已經過去年輕的日子，陷落在對美麗而陌生女子的喜愛。但昭榮必須保持清醒，他不再是感情和工作一片空白的學生。

沒想到莉今也有愛跳舞的過往，昭榮終於找到拉近距離的著力點。這是昭榮要的，但喜悅中略有迷惘卻不在他的預期。

他們繼續跳了幾首快歌和慢舞，直到有點累才回座。而其他人已經把所有餐點用盡，正喝茶等著他們。該結束，要回家了。

工程部經理和採購經理住在北邊，年輕業務要回南港，結果莉今和昭榮同路，她住在新店，他們一起去搭地鐵。

以前他認為蕭小姐不好親近，是個難纏的對手，今晚共舞之後完全改觀。下了班的莉今平易近人，很容易相處。他們聊到彼此的興趣。昭榮說，週末他常去爬山，郊區的小山。他想在客戶關係上再進一步，客氣地問莉今有沒有興趣一起，沒想到她很爽快地答應，於是約好下週六一起去爬山。

昭榮選擇去爬景美仙跡岩，算是一條健行路線。以往只跟同事走過一次，其實不是很熟悉，他還自己先去走了一趟。

約好那天，莉今穿著淺藍的運動服準時出現在景美捷運站，看起來頗為俏麗。他們沿路慢行。前半段是階梯和緩升坡，平常人都沒問題。後半段在山林裡，他們也沒加快腳步。這一趟路直走到另一端海巡署登山口，邊走邊聊，走了三個多小時。下山之後，還在一家麵店吃完晚餐才結束這一天的郊山健行。

幾週後他們又一起去仙跡岩走了一趟。但因為覺得，從另一端出來，要回各自的家頗不方便，乾脆原路走回出發點。這樣往返也不過八公里多，體力上不是問題。但長時間相處，要有很多話題可聊，這就不容易。然而，他們從頭聊到尾，還有點欲罷不能。

昭榮的解釋是，莉今是他商場上的客戶，拉近關係，做好客戶服務本來就是他的職責。而單純從交友來看，有莉今這樣一個個性相合的朋友陪伴，是非常幸運的事。唯一他必須注意的，玉亭和莉今定位之不同，要小心分置，避免碰撞。而玉亭遠在京都。

那莉今呢？她是怎麼想的？

她沒說出口的小秘密，她在一年前剛剛結束一段戀情。前男友高大帥氣，是那種任何女孩第一眼都會有點心動的大男生。但是她喜歡，別的女生也喜歡，而這個大男生來者不拒，沒辦法只滿足於一段感情。莉今用盡所有手段緊抓著他，抓得好累，甚至為他搬出家門，搞壞了自己與父親的關係。結果，大男生沒變，而是她終於受不了，主動提出分手。

大男生走後，莉今的心沉寂了好長一陣子。剛好在這家電子公司中，不是木訥的工程師，就是世故的辦事員，也頗為適合沉寂。直到她遇見昭榮，他沒有一般業務常見的流氣，講話中肯。而且她是他的客戶，可以享受他對她的耐性。那個晚上去音樂餐廳，居然陪她跳舞，因而發現他也有顆尚未老化的心。當他邀請一起爬山時，她心想，為什麼不呢？不論他是為了維護客戶關係，還是真的喜歡她。反正她沒有感情包袱，自認可以把持專業，公私分明，所以也就答應。沒想到爬山很愉快，適合用來打發一個無聊的週末下午。

他們兩個都避開直接面對感情，一個因為玉亭，一個因為一年前的情傷。彼此腳步配合得剛好，像爬山一樣，並肩出發，但返回各自的終點。而他們的友誼越來越濃郁，也不只是因為爬山而已。有一次遇到大節日，兩個人還很有默契地相約跑去那家音樂餐廳，為了回味年輕歲月，一起跳舞。跳舞令人放鬆，也令人忘了界線。在送莉今回家的路上，藉著酒精壯膽，兩個人不自覺的手牽著手走在一起。夜色和舞後的餘溫滋潤了兩個人的心，讓他們無法抗拒的一起陷落。

但是，昭榮還是覺得他把持得住，他還在等玉亭回來。莉今也覺得她把持得住，她完全不急著進入新的戀情。但在年底時發生了一件事，出乎他們的意料，這件事徹底擊垮了兩人脆弱的自信與各自假想的虛妄的平衡。

十、一切都是命運

昭榮的媽媽腦溢血過世。因為有遺傳性高血壓，長期服藥控制，偶有血壓過高的現象，但沒想到這次會這麼嚴重。

事情來得突然，昭榮接到電話立刻請假回家，但是已經太遲，沒有見到媽媽最後一面。

在開車回去的路上，昭榮無法控制地流著淚。媽媽是他這輩子最重要的人，讓他明瞭這世界仍舊有「愛」。長大後雖然不常回家去探望，但總覺得他和媽媽之間存在著隱形的聯繫，是支撐他前半人生最重要的支柱。如今這個連結斷掉，昭榮像大海中脫錨的小船，茫茫地墮入黑暗之中。

曾經想把媽媽接來台北一起生活，雖然要說服媽媽相當困難，但是居然連嘗試都沒有，這成為他一生最大的懊悔。

整個喪事的過程，懊悔如影隨形般地跟著。

莉今是過了一週，昭榮都沒跟她連絡，打電話到公司找他，才知道他請了喪假，嚇一大跳。問是誰過世？同事說是媽媽。莉今更加震驚。她知道昭榮跟他媽媽的感情很好，應該非常難過。但她沒辦法給即時慰藉，只能等他回來。

在昭榮缺席的這段時光中，莉今不安，無法專心工作，時常想著昭榮。這時候她才深深感受到昭榮在她心中的重量，出乎她的意料。

昭榮銷假上班第一天，莉今就急急撥了電話。莉今對昭榮說，她感到很遺憾，瞭解他心中的難過，並盡可能給了安慰。昭榮除了感謝之外，沒有多做回應，還陷溺在悲傷的情緒之中。他的少語讓莉今感到失望，但她可以理解。

幾天後，莉今特別提早下班，到昭榮的租屋前等待，想瞭解真正狀況。等了一個多小時，才看到略顯消瘦的身影出現在巷口。

莉今迫切地迎向前去：「你還好嗎？」

「我還好。」昭榮回。莉今的出現溫熱了他的眼睛。

莉今抓著昭榮的手臂，小心地再確認：「我有點擔心哪，我知道你跟媽媽的感情很好。」

「媽媽是……最愛我……」昭榮快說不出話。

莉今的問候像一顆天外飛石，突然投入他好不容易平靜的心湖，激起連串波瀾。蓄積的痛苦找到缺口，轉成兩行淚，瞬間從眼角急湧而出。

莉今感到心疼，上前擁抱昭榮。他把頭倚在莉今肩膀，完全失去控制似的哭泣，甚至哭出了聲音。她不知道該怎麼辦，從來沒想過一個男生會在她懷裡這樣哭泣，只能輕輕地撫摸著他的背。

幾分鐘後，昭榮停止啜泣，恢復正常，並從莉今的肩膀抬起頭來。

「不好意思。我媽媽……」他邊說邊擦乾自己的眼淚。

「我知道，你很愛你媽媽。」莉今回覆他。

「只是一切都太晚了。」

「你媽媽也很愛你，應該會希望你過得很好。只要你快快樂樂生活，你媽媽在天上應該會很開心。」

昭榮從莉今的眼眸深處感受到一種溫柔，包容體諒，彷彿可以融化一切苦楚。他受她吸引，而她想幫他脫卸負荷。他們肩並肩緊靠著，慢慢走回租處的房間，情不自禁的擁吻，脫衣。在昭榮最脆弱的時刻，莉今毫不猶豫地給出支持。兩個人纏繞在一起，做了愛。

這愛混雜著多種情緒，對媽媽的思念，對愛人的憐惜，對彼此真情的探索。激烈但真摯，坦誠所以瞭解，給了彼此超越肌膚之親的感動。

做完愛後，他們赤身躺在床上，卻有著不同的心思。

昭榮想到的是玉亭。他越界，做了對不起玉亭的事。沒辦法繼續欺騙自己，這關係只是客戶服務。莉今顯露真摯的感情，為他療傷止痛。昭榮感到有點混亂，臂窩裡躺著的是莉今，但心裡想的卻是玉亭。

他會不會和莉今繼續走下去？他不是很確定。莉今有她的魅力，不然，他們不會一起跳舞、爬山，現在又一起做愛。玉亭文靜內斂，莉今熱情外放，她們是如此不同，而他居然同時喜歡上兩個人，不知道該如何解釋。他決定不管那麼多，往前再走幾步，或許時間可以解決一切。

在困難的時候，逃避也是一個選擇。

相較而言，莉今的考慮就比較單純。

她很快發現她和昭榮很談得來，彼此有相當的心靈契合。而這一年多來，受夠了寂寞，能有人相陪，她很滿足。當她知道昭榮的母親過世時，替他感到難過，今晚過來，只是要給安慰。沒想到他居然在她的肩膀上哭泣，會哭的男生應該是比較懂得「愛」的，她被收服。她愛上他的軟弱，願意以任何方法幫他止住淚水。當昭榮裸體壓在她身上時，她感受到的卻是自己存在的重量。在她與前男友分開時，一度失去的又重新回來。

但她也不確定能和昭榮走得長久，但她不在意。她有過另一個男人的經驗，知道天長地久是不可靠，她要的只是現在。對昭榮而言，她現在是重要的，她有一個別人所無法扮演的角色。

在他們兩個之間的算不算是「愛情」？即使不完全是，這也是最接近的時刻。莉今打算繼續走下去。

莉今沒有留在昭榮的地方過夜，還是起身回到自己在新店的住處。第二天兩個人跟平常一樣上班，她還是他的客戶，但是昭榮不需要事事都和莉今在會議室裡頭談，因為他們在會議室外見面的機會變多了。

昭榮沒有跟玉亭提過這事，莉今是隱形人，昭榮仍舊珍惜和玉亭之間的感情，沒有改變。昭榮又收到玉亭的來信。

阿姨看我除了日文上課之外，平時沒事可做，所以幫我找了一個工作。我覺得很適合我。阿姨工作的服飾商場的地下室，有個大型的超級市場，他們需要兼差的雇員，每天早上從八點上班到十一點，如果遇到假日人多，或許要工作到下午一點，反正是算時薪。我的工作就是把所有進來的貨品包裝分類，打上價格標籤，再上到貨架。有機會用到日語，但不需要頻繁的對話，這樣很好，我可以賺點零用錢，同時學習日語對話。我的同事對我都很好，知道我是外國人，跟我講日語都會放慢速度，確定我瞭解他們的意思。

超級市場很大，每天的進貨非常多，剛開始整理這些貨品，我有點手忙腳亂，但經過一週的磨練，我漸漸習慣，現在好多了。

所以我現在變得比較忙碌，一早起來先到超市工作，中午在商場或附近的餐廳吃個飯，下午才到日語學校上課。假日有空時，就到處逛逛。

這樣的生活我覺得還蠻充實的。

你記不記得我以前在師大路住處的室友，湯湯。那個在雜誌社工作的編輯。我們一直有保持聯絡。她後來存夠錢，申請到學校，跑到美國去念書了。真的是有志者事竟成啊。但是她跨業去念了電腦，後來變成一個程式設計師，畢業之後留在美國加州工作。已經工作好幾年，今年想回台灣探親，知道我在京都，她說回台灣前要繞道日本，想來京都找我。我說沒問題，打算帶她逛逛京都。我們約好了在秋天。

湯湯要來找我，讓我覺得好興奮。感覺好久沒有遇到熟人，我們可以好好聊一聊。

高橋先生的事應該算是落幕了，雖然一直沒有找到人。阿姨和我都開始新的生活。湯湯都要來找我了，你要不要也來找我？我其實最想見到的是你啊。要不要來呢？

自從玉亭去了日本，從來沒有寫信問過昭榮要不要去看她，偏偏這時候來問。是因為高橋先生事件逐漸平息，氣氛不再那麼悲傷？還是他們之間的靈犀，她感受到第三者的存在？他不覺得有什麼地方，寫信或電話，曾經露出口風。但不管如何，他和玉亭分開已經快兩年，如果他是愛她的，是該過去看看她。

於是，昭榮開始查看機票和自己的行程。算算日子，接在湯湯之後那個時間點是不錯的選擇。如果運氣好，說不定還可以看到日本的紅葉。當他把這個想法告訴玉亭時，她當然高興，期盼那天趕快來臨。

這件事就這樣說定。他一方面和莉今保持著親密關係，一方面又打算去京都看玉亭。昭榮覺得這樣很好，兩邊都感到滿意，他也比較沒有愧疚感。

幾個月後，湯湯去了京都，玉亭陪她三天後，寫信給昭榮。

好高興湯湯到京都來找我。我們除了一起吃拉麵、鰻魚飯，逛街購物，還去了好多地方。

我們第一天去逛錦市場、八坂神社、二三年坂和清水寺，逛得好累。

第二天去金閣寺、銀閣寺、哲學之道，最後還到下鴨神社的河邊，玩跳蛙石，坐著吹涼風看夕陽。也是走得好累。

第三天坐電鐵去鞍馬山。我們從貴船口下車，走路去參拜貴船神社，再過溪進鞍馬山的後門，走山路上鞍馬山。這一段山路因為是往上爬，一個多小時，有一點累。到山上，參觀鞍馬寺，最後從正門下山。到了車站，看到有免費的接駁車往鞍馬溫泉，叫峰麓湯。因為前面爬山時流了汗，想要洗澡泡湯，就搭了車去泡溫泉。一次一千圓的露天溫泉。我們到的時候，就只有我們兩個人。池子雖然不大，但在寒冷的天氣裡泡露天溫泉，感覺實在好舒服好棒。我們享受兩個人的泡湯一個多小時，最後才搭車回家，也結束了湯湯這三天的京都假期。

湯湯覺得很滿意，希望將來有機會要再來，我當然歡迎。

等你來京都，我也想帶你去鞍馬山，去泡溫泉。只可惜他們男女湯是分開的，沒辦法一起泡湯。

你上次跟我說，最近有些案子要處理，還無法確定何時可以請休假，現在確定了嗎？如果班機時間已經確定，要跟我說喔。

好期盼你來，有好多話要跟你說。

昭榮知道玉亭是真心的，等他確定班機時間日期，通知她，她還會高興得睡不著覺。她就是那麼單純的一個女生。怎麼讓她知道，他現在和另一個女生走得很近。事實上是，每個週末都在一起。

昭榮也沒讓莉今知道玉亭的存在。他與玉亭之事跟她無關，問題是在他身上，必須自己解決，沒有理由讓她分擔歉疚。

為了掩飾自己有幾天不在公司，昭榮準備了一個講法。他打算跟莉今說，公司派他到日本拜訪客戶。如果是出差，時間就不會太長，安排個五天，大約是週日出發，週四回來。玉亭可能會覺得太短，但是她永遠可以體諒他的工作忙碌，最終也會接受。

於是昭榮看好機票，做好準備，打算要跟兩個女生說明自己的計畫時，突然又收到玉亭的一封來信。結果這封信讓昭榮十分震驚。

跟你說一個壞消息。

寫信的時候，我已經平靜下來，不用太擔心。

我不是跟你說，湯湯跟我一起去泡湯嗎？我們泡的是戶外的裸湯，完全沒穿衣服那種裸湯。

我們在泡時，湯湯跟我說，我的左右乳房看起來不對稱，右乳房側上邊形狀有點奇怪。在我同意下，她用手摸了一下我的乳房，然後跟我說，我的乳房好像有硬塊，建議我要去看醫生。

當時只是說說，沒有覺得特別嚴重，但是回來後，我還是去看了醫生。

醫生觸診之後，建議我要做粗針切片檢查，才有辦法確認是良性，還是惡性。所以我去做了切片。

結果是惡性。我知道後簡直是嚇壞了，從來沒想過這種事會發生在我身上。當時我的腦袋一片空白，不知道接下來該怎麼辦。還好我的醫生非常親切，她說現在醫術很進步，乳癌早期發現，手術再加治療，復原機率很高，要我不用太擔心。醫生建議我越早治療越好。

跟阿姨商量的結果，我打算留在日本治療。經過兩年多的生活，雖然我的日語還不行，但是已經很習慣這裡的生活，而且阿姨可以照顧我。如果我回台灣，一切會變得麻煩。你要上班，而我的家人在新竹，都不方便。所以，我還是留在這裡比較好。

你不要太難過，你可以當成我把日本旅遊的假期又延長了一些如此而已。

你也先不要來京都，我的療程是怎麼樣，還沒確定，聽說過程會掉髮，我也不希望你看到我變得醜醜的。

不用擔心，我很快會恢復健康的，那時你再來京都看我。

昭榮不只是驚嚇而已，究竟玉亭是除了媽媽之外，最親近的人。他怎麼可能忍得住，立刻撥了電話到日本。以往他們很少直接電話聯繫。

「妳還好嗎？怎麼會發生這種事。看了妳的信，我嚇了一大跳。」昭榮焦急地問。

「好高興，你打電話來。我很好，沒有感到什麼不舒服。人有時候會生病，我就剛好生病吧。」玉亭回。

「妳確定嗎？要不要再找另一個醫生看看？或者回來台灣？」

「醫生給我看過X光，也照過超音波，最後切片檢查也證實同樣的結果，應該是蠻確定的。大概就是這樣。剛開始我難過幾天，現在比較好了，我已經可以打起精神，準備要打這場仗。暫時也不回台灣，阿姨蠻信任這裡的醫生，她也能就近照顧我。不要太擔心，我應該可以很快痊癒。」

「妳確定嗎？我想立刻過去看看妳。妳在受苦，我覺得很心疼。」

「不要，不要，你現在不要過來。治療馬上就要開始，我不知道會變成怎樣，但變醜是一定的，我不希望你看我沒有精神的樣子。我們稍微忍耐一下，只要半年一年就可以。」

「妳好傻，都生病了還在計較美醜。在我眼裡，妳怎麼樣都漂亮。」

「我好開心，只要記得我漂亮的樣子就好。」玉亭停頓了一下才繼續說：「但是現在有個比較困難的決定。」

「什麼決定？」

「醫生看我的情況說有兩種選擇。一是乳房全切，再做乳房重建。二是局部切除，大致保留原來的乳房，但要做二十次左右的放射性治療。如果全切，比較不會有癌細胞轉移的問題。如果只切局部，就用射療阻止癌細胞擴生。你覺得我要選擇哪種方法比較好？」

「我不知道，看醫生怎麼說。」昭榮回。

「你知道的，我的胸部並不大，如果切除再重建，怕效果沒那麼好。我比較想選局部切除。」

「但這樣會不會有危險？」

「只要沒有轉移，應該就沒有問題。」

「妳怎麼決定我都支持，一定是最好的選擇。」

「我再考慮一下。想到開刀，還是怕怕的，從來沒有進過手術房，不知道會不會很痛。」

「真的不要我去陪妳？」

「真的不要。除了開刀，我還得經常回診，這整個過程會好幾個月。你也沒辦法陪我那麼久。等我完全好了，你再來看我。我們一起逛京都。」

「好，妳要趕快健康復原，陪我一起逛京都。」

他們繼續講了一陣子。玉亭提到她有點想念台北的家，雖然是租來的，還與別人分享。她想念那幾年的平靜生活。但玉亭這麼說時，昭榮內心裡感到有點尷尬，他讓莉今也進到這個家，而玉亭不知道。

掛斷電話後，昭榮理智上感受好一些。原先充滿驚嚇、不安和愧疚的心情慢慢地平復下來。他繼續在這個家等著她歸來，這裡是屬於玉亭的。也還好莉今不常來租處找他，她不喜歡跟別人分享，看到其他房間的房客，她會渾身不自在。

昭榮是愛著玉亭的，這麼多年來習慣跟她一起生活。如果她現在回來，他要立刻買棟房子，然後跟她結婚，他沒有打算變心。之所以沒有拒絕莉今，只是因為在寂寞的包覆之下，他容易妥協。

昭榮承認自己的軟弱，既想念玉亭，也沒有改變對莉今的態度。

幾週後，玉亭又寫信來。

我選擇局部開刀，開刀開完了，很順利。

那天我躺在手術台上，還沒跟醫生講幾句話，麻醉藥一生效，我就睡著了。等我醒來時，已經在病房中。醫生跟我說開刀很順利。剛開始的幾天傷口很不舒服，有時要吃止痛藥，但之後慢慢就好了。

一週後病理報告出來，沒想到在我的淋巴結裡發現癌細胞，醫生說並不嚴重，還可以控制，但必須做化療。聽到結果，我有點難過，聽說化療會很不舒服，而且會掉髮。為了避免癌細胞繼續轉移，也只能接受。

化療每個療程隔三週，要連續做幾個療程。醫生已經幫我排好，大概兩週後就會開始。

我問了醫生，為什麼我會得乳癌？醫生說沒有為什麼，不是因為飲食或生活習慣，有些人就是會得乳癌，我只是運氣差而已。因為運氣差，我有時會覺得有點沮喪。

我還是正常作息，早上會去超市工作，下午去上課。但是遇到要去醫院，就會請假，同事和學校都能體諒。盡量這樣做，看可以維持多久。

你的工作還好嗎？忙不忙？

讀完信，昭榮又打電話去日本，這次主要是安慰玉亭。

「傷口還痛嗎？」昭榮問。

「已經過了好幾天，不痛了。傷口很小，也看不大出來。」玉亭回。

「有發現癌細胞轉移？」昭榮之前有做了研究，比較瞭解乳癌的相關狀況。

「有，在腋下淋巴結中有發現癌細胞，醫生覺得不嚴重，但是為了預防繼續擴散，醫生建議要做幾次的化療。」

「化療會比較辛苦，比較不舒服。」昭榮說。

「對的，醫生有解釋。化療藥物對不好和好的細胞會無差別攻擊，所以會有較多的症狀，醫生要我多忍耐。」玉亭的聲音變得小小細細的，昭榮聽得出其中的沮喪。她一直是個怕痛的女生。

「現代醫術很進步，應該都有對應的方法。止痛藥、抗生素之類的藥物應該很有用。」

「但是會掉髮。」玉亭說。沒有一個女生不愛美的，這就比較麻煩。

「應該也只是短期的現象。如果真的擔心不好看，也許可以去買頂假髮來戴。」

「阿姨也是這樣建議。」

「妳一定可以很快恢復健康的，但稍微要有點耐心。」

「我知道，我還蠻樂觀的。」

「等妳健康回來，或者我過去。」

「嗯。」

玉亭沒再提到要他去京都這件事，可能在她身體轉好之前，大概也不會再提。昭榮有種很複雜的心情。他很關心玉亭，想去看她，但是想到莉今，他又失去勇氣去和玉亭面對面。這件事只好拖下去。還好，最近昭榮的工作比較忙，幾度到大陸出差，他把自己埋在工作當中。

二月的時候，因為央視記者報導，播出在東莞隱蔽拍攝十多家娛樂場所色情服務的畫面，引起東莞大掃黃事件。本來每年都會有例行性嚴打掃黃的動作，但這次好像特別嚴重，而且還擴及廣東全省，幾乎所有色情行業都停擺，影響很大。專家說，色情產業鏈斷裂，東莞很多人失業，經濟情況不好，大大影響投資者的信心。

公司客戶主要集中在廣東省內，雖說跟色情行業沒有直接關係，但經濟活動放緩，多少還是有衝擊，副總要昭榮評估一下對他們公司業績的影響。

昭榮特別打電話去問在香港的羅德，羅德跟他說：「因為這次掃黃，整個東莞至少損失幾十億人民幣，對經濟影響很大。但對我們的產品影響暫時還看不出來。」

昭榮也問莉今，對他們公司有沒有影響，他們有幾個代工廠在廣東。

「沒有影響。」她斬釘截鐵的說：「色情行業都倒光了，男人少去，才能專心工作，這不是很好嗎。」她從來不是一個沒有意見的人。

「你們公司有影響嗎？是不是有人召妓被抓？」莉今反問。

昭榮笑了出來，說：「沒有啦，只是大家都不出來吃飯喝酒，經濟沒那麼熱絡，不知道會不會影響銷售業績。我們副總只是關心這個。」

「吃飯喝酒還是可以繼續啊，那有什麼問題。」

昭榮很難去跟莉今解釋，很多生意不是在餐桌上敲定，在KTV的房間裡可能更容易談。要讓手握採購權的人點頭，有時候性招待非常好用。

莉今對召妓一事似乎很反感，所以他不想在這件事上多討論，也怕說多了會露餡，讓莉今知道他和羅德偶而也會去尋歡。

昭榮轉換話題：「週末還是要一起去爬山喔。」他提醒莉今。

莉今回他：「對啊，要去爬山。」莉今講完後臉上稍顯猶豫的顏色，但還是說了：「這週末我們要去爬山之前，要不要順便去見一下我爸爸？他公司離我們要去爬山的登山口不遠。」

有點出乎昭榮的意料。當然不是因為莉今對東莞掃黃的意見，而是後面這件事。他想起前不久，副總跟他討論業績時突然插進來的一段話。

副總聽說他和博達的蕭小姐走得很近，跟他求證這件事。昭榮回答，只是比較談得來。

「只是談得來嗎？你知不知道那小姐家很有錢？」副總說。

「是嗎？我不知道。」昭榮很少聽莉今談她的家庭，只知道她一個人住在外面。

「她爸爸是車商，專賣很昂貴的車子。這是他們採購經理跟我說的。所以說蕭小姐工作是賺零用錢而已，我們很難用招待吃飯或送禮啊，去打動她。」

「是喔，我和她相處的經驗是，她是蠻理性蠻專業的。」

「如果你可以繼續跟她保持很好的關係，甚至娶了她，對我們公司會有好處。以後生意比較好做。」

副總這麼說，昭榮不知道怎麼回答。

「如果可以娶她，你可以少奮鬥好多年啊。」副總說完便笑了起來，並拍拍昭榮的肩膀。昭榮知道副總是在開玩笑，不用當真，但卻讓他對莉今多一分瞭解。原來她出身一個富裕家庭。

現在莉今居然來問他，要不要去跟她爸爸見面，她爸爸是怎樣的一個人呢？她為什麼要他去見她爸爸？他突然有一堆疑問。

過去昭榮對莉今爸爸的印象，好像是個忙碌的生意人。不過，多認識人應該是每個業務人員應有的基本態度，人脈是越多越好，昭榮沒有理由拒絕。而且不去，就找不到所有問題的答案。

「好啊，順便認識一下伯父。」

於是那個週末去爬山之前，他們便先開車到莉今爸爸的公司。當他們在門口停下，莉今搖下車窗伸手招呼，立刻有人出來引導，讓他們停在正門口旁邊的貴賓停車位上。

來人是個穿著西裝體面的壯年男士，臉上堆著笑，很客氣地對莉今說：「小姐，妳來了。妳好久沒來，今天怎麼有空來？」

「洪叔，我和朋友要去爬山，順道過來找我爸。我爸在嗎？」莉今回。

「在，在，董事長在二樓。」

被稱為洪叔的壯年男士轉身帶領兩人往裡頭走。進了大門是一個很大的展覽廳，停著好幾台車。陽光穿過大片玻璃窗射進來，在車窗和鍍鉻的手把上閃著耀眼的光芒。昭榮跟在莉今身後，沒說任何話，但他從來人的態度和展車的排場可以輕易感受到，莉今的爸爸應該不只是忙碌而已。

「最近又進了幾款新車，來看車的人比較多。還好你們來得比較早，客人都還沒進來。」洪叔說。

「是喔。」莉今簡單回應。今天她不是博達公司的採購，變回董事長的女兒。昭榮看在眼裡，但還是沒出聲。

壯年男士帶著他們走旁邊的環狀樓梯上到二樓夾層的房間前，開了門，讓他們兩個進去，臨走前洪叔用很親切的態度對莉今說：「小姐要常來玩啊。來喝杯咖啡都好。」

「洪叔，好啦，有空我會來。謝謝你。」莉今說。

洪叔走了之後，昭榮問莉今：「他是你們家的老員工？」

「從我有記憶開始。洪叔看著我長大。」

莉今的回話輕描淡寫，但昭榮卻從話裡感受強烈的不同，成長環境的截然不同。他的是刻苦的，總是在物質缺乏的邊緣渡過。莉今的顯然是豐盛許多，她是被呵護長大。以他的角度，無法想像那樣的生活。

他們回過頭來，進入董事長的辦公室。莉今的爸爸坐在一個氣派的辦公桌後面，身後有一整面獎盃獎牌的展示櫃。昭榮原以為是汽車銷售的獎座，但走近一些才發覺，獎盃上立著閃金的小人揮著球桿。

「莉今，妳來啦。」微禿，但有著圓潤五官的莉今爸爸從座位上抬起頭說。

「對，今天要跟朋友去爬山，路過公司，順便進來看看。」莉今回。她臉上沒有愉悅，語調平淡，讓人感覺不出他們之間有親密的父女關係。

莉今爸爸過來打招呼，同時莉今也把昭榮介紹給她爸爸。

「莉今提過你。好像你是他們公司合作的廠商。」莉今爸爸說。

「沒錯，我是業務，莉今是採購，我們是工作上認識的。」昭榮順手掏出名片，拿到莉今爸爸面前。莉今爸爸接手後，看了一下名片。

「江協理，你們是做電子零件？」

「對的，我們公司是家老公司，已經做很久了。」

莉今爸爸抬起頭來，緊繃的臉終於露出淺淺的笑容：「電子零件我完全不懂，我只懂車子而已。」他停頓了一下才說：「還有高爾夫，江先生打球嗎？」

昭榮外派深圳時，曾經和深圳總經理到高爾夫練習場學過幾次。他說：「有上練習場打過，但還不大會。還需要再多練，才能上球場。」

「這樣喔，多練習一下，熟了就可以上場，高爾夫球很好玩的。」

「我有看到伯父後面那些獎盃，伯父應該是個中好手。」

「沒有啦，沒有啦，只是玩玩而已。」莉今爸爸這時才露出完整的笑容。讚美仍然有用，讓略顯沉悶的對話生出一點生氣。

莉今爸爸和昭榮繼續聊了一會兒，除了高爾夫和車子，也問到昭榮的家世，但昭榮只三言兩語就講完。跟莉今爸爸來往的人應該都身家富厚，有一堆關於錢的故事，但昭榮顯然不同，這讓他略顯不安。在找不到其他更有趣的話題，莉今爸爸也許是基於他商場的習慣，問昭榮，要不要喝點酒，他有很好的威士忌。

「爸，我們待會兒要去爬山，現在怎麼喝酒。」皺著眉的莉今終於開口說話。但莉今的不開心不只是因為酒而已。

所有的對話在有點尷尬的氣氛中結束，莉今轉身帶著昭榮離開。

「伯父，我們要先走了。」昭榮還是很客氣。

「有空常來，江先生。」莉今爸爸講完後就回身自己的座位。

他們下樓，在大廳也遇到莉今的大哥，年歲跟昭榮相當，看起來十分精明的一個人。他喊莉今「小妹」，昭榮也跟他自我介紹。兩個男生聊了一陣子，很有趣的，他也問昭榮打不打高爾夫球，有機會可以一起上場。莉今跟他哥哥講的話多一些，但也算不上熱絡。結束後，他們才開車離開。

在車上時，昭榮問莉今：「妳跟妳爸爸感情好嗎？」

「小時候當然很好。但長大了後，就不大好。」

「為什麼？」

「我爸爸是很傳統，重男輕女那種爸爸。對小孩的要求就是要聽話。我長大以後常有自己的想法，不聽我爸的話了，所以我爸覺得我很叛逆。」

「什麼地方不聽話？」

「我還沒工作之前，他會規定我什麼時候要回家，連我穿衣交朋友他都有意見。等到我開始工作後，自己賺錢，不用再跟他伸手。有一次我們吵了一架，我就搬出來住了。」

「妳會跟他和好，哪天搬回家住嗎？」

「不會。我不會變，他也不會變。我們在一起還是會吵架。現在這樣很好啊，偶而回去看他一下就好。各自過各自的生活。」

「妳真的很獨立。」

「人長大了，不是都應該獨立嗎，不論男的女的。我不需要他的錢，就不需要對他低聲下氣。」

「那妳哥呢？跟妳的感情？」

「還好啦，就是哥哥，也沒有特別親近。可是他很聽我爸爸的話，因為他是唯一的兒子，將來要繼承家業的。所以，聽從我爸爸也是十分自然的事。」

「你們家這樣不就分成兩派。」

「也沒那麼複雜啦，我只是不願意別人，包括我爸爸，干涉我的生活。」

「那妳今天為什麼要我來認識妳的爸爸和哥哥？」

「沒什麼特別原因啊。我們要去爬山，順道路過，如此而已。不是嗎？」

講這句話時，莉今掉頭過來看著昭榮，她的眼睛裡閃耀著光芒，嘴上帶著淺笑，神情顯得自信，看起來很迷人。今天他又多瞭解她一些。她有自己的想法，有自己的追求，她能夠抗拒至親的控制，只想活出自己的樣子。這讓昭榮喜歡她，那種喜歡的方式或許跟玉亭不一樣，但沒錯，他被吸引，難以自制地喜歡上她。

十一、帶著愧疚的選擇

玉亭又來信。

我開始化療了，醫生先是做了手術，在我鎖骨下方植入人工血管，然後就做了第一次的化療。

以前我都不知道，現在我很清楚了。

人工血管是一個小圓盤，另一端接一條導管深入靠近心臟的靜脈。只是為了方便注射化療用的藥劑。第一次兩種藥，透過點滴注射，打了一個半小時。過程並沒有什麼不舒服，但後續的副作用卻令人很難受。最明顯的是腸胃不好，有時候會讓人感到肚子餓，但吃了東西又會想吐。可能醫生預期我會有這樣的反應，所以交代我要少量多餐，盡量要維持體力。

一週後回醫院抽血檢查，醫生說我的白血球濃度降得太低，必須打白血球激素，要刺激骨髓多製造白血球，而且是連著三天打針。第二天晚上我的腰背就開始痠痛，痛到我怎麼坐著躺著都不對，只好吃止痛藥。所以，第三天要打針之前，我就先吞止痛藥。你知道我是很怕痛的。

但這都不是最嚴重的副作用，真正嚴重的是，兩週後我開始大把大把掉髮。看到鏡子裡的自己，我真的嚇一跳。頭髮長長短短，變得好醜喔。好像一下子老了好多歲啊。阿姨跟我商量，總不能讓頭髮這樣亂糟糟的，不能看，要不要乾脆全剪了，暫時去買一頂假髮來戴，渡過這段時期。我還在考慮中。

不知道什麼時候頭髮才能長回過去那樣？

玉亭正在受苦，昭榮跟她講電話，只是打氣安慰的成分居多。

「妳還好嗎？」

「不大好。我已經把所有的頭髮剃掉了。現在出門要戴著假髮。」

「沒關係啦，這只是一時的。治療結束，頭髮會重新長出來。現在還會不舒服嗎？」

「現在還好，剛打過白血球激素那幾天會比較難受。下週要進行第二次療程，可能要從頭來過一遍。」

「多忍耐一下，等療程結束，就可以恢復健康。」

「化療結束後，還有放射性治療。好像要做二十多次的放療。」

「哇，那麼多次，會不會很痛？那妳不是經常要跑醫院，真是辛苦。」

「放療好像不會痛，不像化療有那麼強烈的副作用。但是要經常去做。不過，跑醫院我已經很習慣了，只是搭電車和走路，不會很累。」

「妳的工作和學校呢？」

「如果可以做，就盡量做啊，除了上醫院，其它時間待在家裡也無事可做。只要身體不難過，我還是去工作，也去學校。」

「加油啊，為妳打氣，希望妳很快可以恢復健康。」

「我也這麼希望。」

玉亭的回答有點有氣無力，昭榮可以感受她話中的無奈。生病不是自願的，命運的安排也無法逃避。昭榮只能在遙遠的另一端陪她，鼓勵她。他盡力尋找安心的話語提振她的精神，在灰暗的日子裡，為她點起一線光亮。

「等妳回來，我們就買房子。」昭榮肯定的說。

「真的？你覺得我們的錢夠嗎？」雖然看不到，昭榮覺得聽到話的玉亭應該眼睛一亮。

「如果不要買太大間，不用太好，頭期款應該不成問題。」

「我們不用太大間啊，差不多三十坪，中古屋都沒有關係，只要是我們自己的房子。」玉亭的回話顯得有精神了。

「等妳回來，我們一起去看。」

「好啊。一定。」

當昭榮掛斷電話，立刻回到現實。現實是他是個雙面人。收信和打電話時他對玉亭的關心是真心的。但是當莉今出現，他又無法抗拒地喜歡她。沒有哪一面是他的喬裝，都是他的真實自我。昭榮在兩面之間擺盪。

十五年了，昭榮從學生時代認識玉亭開始到現在，其中包括七年的同居生活。雖然他們還沒結婚，其實已經跟夫妻沒有兩樣，彼此非常瞭解。這瞭解包含信任。也就是即使短暫分離，看不到彼此，還是相信對方對自己的感情不變。偶而昭榮因為工作到特殊場所尋歡，也不會感到不安，因為他知道玉亭可以體諒。玉亭永遠在他的身後支持他。假設這個世界用盡好運，要毀滅了，她也會緊緊攬著他的手直到最後一刻。

那莉今要怎麼說呢？昭榮覺得自己沒變，只是感情這一條路，沒有預料到又出了莉今這一段。

莉今給昭榮完全不一樣的生命體驗。她和他站在同樣的高度，生活不需要以任何一人為主。所有的選擇都是共同決定。昭榮彷彿可以卸下肩上一半的負擔，讓身心都有額外的餘裕。莉今比較像朋友，或者深一層說，靈魂的摯友。在她面前，不需要偽裝強者，他可以完全坦然，連眼淚都可以被包容。莉今也不會把跟他之間的感情視為包袱，或者獻禮。在她的觀念裡，感情只是生命的底色，而這時候展露出來的正是她最喜歡的淡紫。

還好，此時玉亭遠在日本，莉今就在身邊。如果倒換過來，這種情況無法存在。昭榮承認這是命運的巧妙安排。

但是，有一天玉亭會回來，或者莉今有再進一步的想法，這種平衡將難以維持，那麼他該怎麼辦？昭榮沒想那麼遠，或者沒有能力想那麼遠。在工作上，他有毅力和企圖心，但在感情，他則顯得懦弱。工作上的進取，他可以退讓，只損及自己的未來。但在玉亭和莉今之間，他無法兩全。所以，猶豫不決。這是他的弱點，但本來就沒有人是完美的。

三個月後就是莉今的生日。

三十歲生日，是個大日子。昭榮很早就盤算該如何安排。他約了莉今的兩好朋友，加上昭榮公司裡跟他親近的兩個同事，在他們第一次跳舞的音樂餐廳訂了位置。六個人一起享受美食、音樂和舞蹈。他還特地和餐廳老闆商量，獲得老闆的協助，聚餐最後由幾個服務生從廚房點著仙女棒，捧著蛋糕，走到他們這桌來唱生日快樂歌。莉今沒預期這樣的慶祝，整晚情緒都很高亢，在過程中經常和昭榮擁抱親吻。

餐後朋友們離開，昭榮和莉今開著車到新店山區一家很有情調的賓館過夜，繼續下半場的慶祝。他們在有著繽紛燈彩的圓形浴缸中泡澡，再回到大床上做愛。莉今展露出無比的熱情，在床上很主動，昭榮也因此性慾高漲，時間拉長了，直到兩個人精疲力竭。

昭榮很滿意他自己的安排。

莉今則在心理和生理上持續亢奮，今晚她實在太愛昭榮，一直有種慾望滾動著，愛情的美幻終究漫過理智的堤防。

她突然轉過頭來，雙手環抱昭榮，親吻又親吻，然後說：「親愛的，我們結婚吧！」

聽到莉今這麼說，昭榮一下子驚醒，這不是他要的獎賞。他表現得太好，引來超過預期的結果。表情洩露了他的訝異，他一直避免面對這種可能。

「怎麼？我跟你求婚，你還猶豫。」莉今裝出有點憤怒的俏皮模樣。

「不是啦。」昭榮沒辦法在這時候讓莉今失望：「我只是沒預料到這麼好的事情突然出現，太驚訝了。應該是我來跟妳求婚才對。」

「傻瓜，我覺得我們兩個適合在一起，誰提出的還不是都一樣。」莉今說完，又抱著昭榮親了一下。

「我們兩個確實很適合在一起。」昭榮重複了她的話。他也只能重複她的話，因為還不確定他們真的要結婚，可以結婚嗎？那他怎麼去面對玉亭。事情實在發生得太快，昭榮完全沒有心理準備，但他克制自己，不去減損莉今的心情。

「但是，我們要先買房子。」莉今說。

「要買房子？」

「我不想結完婚，還住在你那租來的房子。」

以昭榮現在的財力，應該沒有問題，他也跟玉亭說過同樣的話。如果買不到合適的房子，就先不結婚，那麼這不失是一個緩兵之計：「好，我們要先買房子，我們有空開始找房子。」

聽到這樣答覆的莉今感到很滿意，於是又和昭榮擁抱在一起，深吻，再一次做愛，最後才沉沉睡去。

第二天早上昭榮先醒來，他清醒了，但對昨天的一切保持模糊。昭榮不願意看得清楚，因為只要焦距對準了，他看到的不是昨天，而是一個女生在京都等他。他曾跟她一起生活多年，只差一紙證書，現在要背棄她。但他不願意承認。還沒買房子，房子以後的事還很遠，也許也不會發生。他用各種理由說服自己。

比昭榮晚起床的莉今一睜開眼就清醒。她仍然保有昨晚的亢奮，從床上起身，立刻從背後抱著昭榮，她喜歡感受真實的溫度。昨天音樂餐廳的六人餐會、跳舞、生日快樂和做愛，都是這個男人為她安排的，她感到極大的幸福。這是一個美好早晨的開始，而且相信他將會給她更多的幸福早晨。

昭榮和莉今心裡想著不同的事，但臉上都戴上最甜蜜的笑容，那是他們共有的完美的一天。

慶祝結束後，他們各自返回工作，但是更常連絡，相約看房子。

幾乎每個週末都有不同的房仲接待過他們。有時在大直，有時在士林，有時在瑞安街，有時在汀州路。他們出現時總是牽著手，他們是房仲眼裡最中意的理想客戶，幸福的渴望就寫在他們的臉上。

幾個月後，終於在內湖區民權隧道口找到一棟三十坪左右的房子，兩房兩廳兩衛。他們兩個都很滿意。算一下，去掉頭期款後，昭榮的薪水足以付房貸。莉今想買，但昭榮猶豫半天，還想看看其他房子。其實真正的原因是，他懼怕買房後會發生的事。然而，昭榮早就對莉今投降，根本抵擋不了多久。他們終究買下房子。

買房之後，設計裝潢要三個月。他們經常到處看家俱，為即將成立的新家做準備。昭榮逛街時偶而會心不在焉，因為割捨不下玉亭，或者說不知道怎麼割捨，於是說服自己，還不到最後的決定時刻，根本是自欺欺人。開了閘門的水庫，大水傾洩，已然無法阻止。如果硬要攔阻，只怕氾濫成災。這已經是一條難以回頭的不歸路。

莉今當然不知道昭榮背後的顧慮，把關於新家和婚禮的決定權歡欣地握在手裡，昭榮只是順著她意，如此而已。

「婚宴，我不打算邀請我的家人。」莉今說。

昭榮嚇了一跳，說：「這樣好嗎？妳爸，妳哥，你們感情有那麼差嗎？」

「沒有那麼糟，但結婚是我的事，跟他們無關。」莉今繼續說：「你不瞭解，他們是不可能只是來當個賓客的。如果要他們出席，整場婚宴一定會變成他們主導，他們的客人，他們要的婚禮的樣子，我可以預期婚宴會變成怎樣。」

「那樣不好嗎？」

莉今淡淡的冷笑了一下，昭榮從沒見過，但也就那麼一瞬間。她說：「他們很好面子，邀請的必定是他們的客戶、打球的朋友，或者官員和民代，我不想變成他們展示用的洋娃娃。我希望我的婚禮由我決定，我的朋友，用我的方法慶祝。」

莉今換了一張冷靜而額眉輕鎖的臉，顯現她一貫的決然自信，她說：「這樣比較好，對大家都好，我不會因為婚禮去跟他們吵架。我只要不需要他們的錢，我就可以活得自由自在。」講完這句話後，莉今看向昭榮，露出柔軟想要取得諒解的笑容。

「如果這是妳想要的，我當然贊成。每個人都應該活得自由自在。」昭榮繼續說：「我這邊完全可以配合妳，我也不打算邀請親人，但我的理由跟妳不一樣，最愛我的媽媽已經過世。」

莉今伸出手來，握著昭榮的雙手跟他說：「我可以理解。」

莉今做這樣的決定考慮了很久，但她不確定是為自己，或者是為昭榮。如果她的家人風風光光地出席，昭榮那邊卻一片空白，尷尬的會是誰。她確實有自己的理由。

當年她剛畢業沒多久，就和前男友談起戀愛，前男友跟昭榮一樣沒什麼家世，甚至是比現在的昭榮還要窮，莉今的爸爸強力反對。爸爸希望莉今去嫁給他同樣是車商的好友的兒子。兩家聯親，財力和市場佔有率倍增，可以站穩車市龍頭的寶座。但是，莉今不願意，她對前男友死心塌地，對那個全身名牌浮誇的富家公子完全沒有興趣。莉今和她爸爸大吵了一架，結果是她離家出走。

為了愛情，她搬出來和前男友同居。

結果錯了。她散盡所有，卻是為了一個花心大蘿蔔。前男友不只愛她一人而已，簡直逢人就愛。莉今哪受得了，最後還是把他一腳踢開。

但她也沒有選擇回爸爸的家，了然一身往前走，寂寞但勇敢。

這次她確定昭榮跟她前男友不同，她很珍惜，也不希望昭榮承受親人的輕蔑。所以，各走各的路是合理的選擇。但她知道的，爸爸哥哥不會和她斷絕關係，只是需要時間來解決，時間或許要很長。

她已經預先鋪了路，他們都見過昭榮，不能算是陌生人。

莉今和昭榮商量，早上先去戶政事務所登記結婚，晚上在一家大飯店宴客。賓客只請同學、朋友和公司同事，很快就達成共識。

說是共識，但昭榮心底還在猶豫。

他終於要徹底背叛玉亭。

玉亭還在京都生病，等著他去看她，或者等她回來。他們說好要一起看房，買房，然後結婚。現在這些都即將成為謊言。昭榮沒有勇氣寫封信，或打通電話給玉亭，讓她知道真相。

昭榮用一個理由說服自己，莉今比玉亭適合當自己的太太，跟莉今一起的生活會更豐富，而這一切歸咎於命運。假設當年玉亭沒有去京都，沒有在京都生病，也許他們就會結婚，根本不會有其他選擇。但命運注定如此。

昭榮覺得他對不起玉亭，而愧疚只能藏在心裡。也許有一天他可以想出一個很好的方法去彌補她，但現在他還沒有任何主意。

時間會解決，昭榮相信，時間終究會解決一切。

婚宴時他們真的只請了朋友和公司同事。佔最多數的是兩家公司的同僚，連總經理都齊來道賀，氣氛非常熱烈。

莉今公司總經理致詞時說，他們家的未婚女同事還很多，等著人追。昭榮公司總經理則回應，他底下的工程師有昭榮當榜樣，會努力往前衝。於是，同事們起鬨，鬧了整個晚上。許多人搶著跟新郎乾杯，還好特地從香港來的羅德聽到昭榮的召喚，過來幫他擋酒，不然，昭榮恐怕很難站著離開會場。

很令人意外的，洪叔出現在他們的婚宴，一個人坐在最角落的餐桌，默默看著歡宴的眾人。莉今因為是新娘，只和洪叔敬個酒，沒有多說話。昭榮則感到不安，在快結束時，洪叔要離開前，把他請到旁邊，跟他講了幾句話。

「洪叔，謝謝你今天來參加。」昭榮說。

「應該的。恭喜你！江先生。」洪叔很客氣地回覆。

「董事長知道嗎？會不會很生氣？」

「董事長知道。可能悶在心裡吧，究竟小姐是他唯一的女兒。」

「莉今不想邀請她爸爸來參加。」

「這我瞭解。董事長和小姐一樣的固執，個性一模一樣，誰都不願意退讓。沒有辦法。」洪叔稍微遲疑了一下，然後說：「希望你可以好好照顧我們家小姐。」

洪叔是很真誠地做此請求。昭榮立刻回答：「我會的，我一定好好照顧莉今。」

「這樣就好，這是最重要的。」

「改天我和莉今再一起回去探望董事長。」

「沒有關係，不急啦。他們究竟是父女，不會斷了關係。時間會解決一切。」

聽到最後這句話，昭榮愣了一下，他內心裡也有另一件事情需要時間來解決。時間要解決的事情真多，只是不知道會不會有完美的結果。

洪叔說完後就離開。昭榮目送他孤獨的背影，直到它消逝在樓梯的入口。每個家庭都有它難解的一面，今天洪叔見證了他們家的。

婚宴之後就是蜜月旅行，莉今選擇了一個旅行團，要去歐洲十天。就在出發的前一天，昭榮收到玉亭的來信。前不久昭榮跟玉亭說，原來的地方房東不租了，他還在尋找一個比較好的租屋，不是很穩定，所以要她把信寄到公司。

整個夏天我都戴著假髮，好熱喔。直到最近，長出一些頭髮了，我終於決定把假髮拿下來。我的頭髮短短的，看起來就像個小男生，所以我回到學校上課時，同學們都對著我說，有個新同學來了，還是個漂亮的小男生。哈哈哈，連我都覺得有趣。

好了，開心的事講完了，要講點讓人難過的事。

最近我的骨盆會有點痠痛，尤其是在床上躺下來時，於是去醫院檢查。結果醫生跟我說，在我的骨骼裡發現癌轉移，但也沒那麼嚴重，屬於低度惡性的癌轉移。醫生跟我講這些事時，沒什麼特殊表情，好像我坐電車過站了，站務人員跟我說要補票一樣，也許是見多了。

所以，醫生會再為我擬定新的醫療計畫，可能就是再增加一些藥和幾次的化療放療之類的。反正我也習慣了，再增加幾次也無妨。

但是想到我又要掉髮，連小男生的短髮都不保，就有點沮喪。

不要替我擔心，我很堅強的，一定可以挺過去。我會復原成原來的模樣，等著你來京都看我的。

這次昭榮沒有馬上打電話過去。他提不起勇氣，心情有點複雜。一方面覺得鬆了口氣。如果是玉亭徹底康復，那麼他們就必須見面，所有謊言都會被拆穿，那絕對是對她的嚴重打擊。另一方面當然覺得難過。會不會是玉亭已經知道他的事，或者在心靈上有所感應，所以心裡放棄對病魔的抵抗，因而生出癌轉移。如果是這樣，那就是他的罪過。昭榮猶豫再三，一直無法打定主意。他沒有辦法保證他的語調只顯露關心，而不會透漏已經變心的事實。終究沒有拿起話筒，只是立刻回了一封信。文字是自律的，玉亭讀不出他的真心。

他們即將去渡蜜月，昭榮必須收拾自己的心情。讓這種心情延伸到蜜月，對莉今不公平，她會成為另一個受害者。

登機之後，昭榮很殘忍的，把玉亭暫時忘掉。留她一個人獨自在京都受苦。

十天的歐洲行很完美。莉今愛冒險，常有不受拘束的想法。而她拉著昭榮一起，不論到哪個城市，都要盡情享受。在巴黎，別人去看紅磨坊，他們改去逛塞納河左岸的小教堂。到了日內瓦，晚上大家都回去睡覺，他們留在湖畔和外國人跳著舞。昭榮想的沒錯，和莉今一起，他們的生活變得多采多姿。

但這種生活也就只有十天而已，沒辦法永遠，他們必須回到各自的工作和共同的日常。還好兩個人對工作都很投入，而且也不需要彼此依賴。晚上下班，來得及一起吃飯，就直接約在小吃店。如果有人會晚一些，那就各自解決。莉今不喜歡煮飯，所以像玉亭那樣，煮好晚餐等著昭榮回來的事情也就不會發生。

偶而，昭榮會懷念那些和玉亭一起的日子，但是他知道沒有哪一種生活是完美的，他只能選擇。他也已經做了選擇。過往已經成為回憶，只偶而某個獨處的下午不經意被翻出，帶來有些甜蜜又夾點悔意的複雜感受。

十二、灰暗降臨的日子

第一次和莉今吵架發生在那天和副總談話之後。婚後就不再是一個人的事。

副總找昭榮到他辦公室，突然跟他說，深圳的韓特要離職。昭榮很訝異。韓特是公司長久栽培的在地人才，待了七八年，現在是深圳的業務主管。昭榮問副總原因。

「人往高處跑，跳到更有前途的公司啊。我們阻止不了。」副總繼續說：「派我們自己人留不住，培養當地人也留不住，真的是蠻麻煩的。」

「那位置不好坐。」昭榮說。他待過深圳，頗有感觸。

「為什麼？」

「看起來團隊很大，權力很大，但真正的決定權在台北這裡。」

「不會吧，我們溝通管道一直很暢通，總經理和我對深圳團隊一直很支持。」

支持是一回事，沒有決定權是另外一回事，如果什麼事都要跟總部請示，底下的人會怎麼看待這個領導。昭榮心裡想著，但卻不能多講，再講下去就變成對總經理副總的批評。
「那我們要怎麼辦？」昭榮問。
副總沉思了一下才說：「你能不能過去一趟，待個六個月，先把團隊穩一下？」
「我？」昭榮原本以為是要跟他討論人選，沒想到副總直接要他去。
「除了我以外，你最資深，而且你待過深圳，對那邊很瞭解。我在這裡，你在深圳，這樣的安排總經理最放心。」
副總說的沒錯，這是最容易的決定。如果是從前，為了自己的前途，昭榮一定往前衝。可是現在他還在新婚階段，有點猶豫。
「我知道你剛結婚才幾個月，這樣的要求有點過份。但就是半年而已，時間很快就會過去。以後我會補償你。」
雖然副總沒有說將來怎麼補償，但這樣的語氣不像命令，也不是討論，有點像請求了。昭榮一下子心軟：「好吧，我去。」直接答應副總，沒有顧慮到事情的後座力。
就這樣，回到家，昭榮跟莉今提到這件事，她就發飆了。
「你沒有跟我商量？」
「這是工作啊，深圳那邊需要我。」
「是六個月耶，不是六天。」

「我也不願意。但是我最資深，也待過深圳。這種緊急的時候，我很難拒絕。」

「怎麼會很難拒絕，你只要說No，副總就會派別人去啊。你們公司又不是沒有人。」

「妳這樣很為難我。副總很看重我。」

「還是你很喜歡去深圳？」

「當然不是，這是工作啊。我怎麼會喜歡深圳。」

莉今聽不下昭榮的解釋，生了好幾天悶氣。昭榮也覺得自己做錯，至少應該先跟莉今討論，獲得她的諒解。他沒有這麼做，活該挨罵。但他們究竟是夫妻，莉今的怒氣遲早會平息。婚前的浪漫，婚後回歸實際，昭榮慢慢接觸到莉今難以妥協的另一面。

幾天後出發去深圳，登機之前昭榮照例打電話給莉今，這是玉亭那時候以來的習慣，跟枕邊人道別。莉今的口氣仍舊冷冷，只是交代他要注意安全。他突然想起洪叔曾說過的那一句話：「董事長和小姐一樣的固執。」只好等他回來再彌補她。

到了深圳，熟悉的事物重新回來，疲累的白天，無聊的夜晚。還好羅德又來了，他倒是高興，又可以常和昭榮一起工作。羅德一直把昭榮當成好朋友，既然來到深圳，他覺得自己是主，昭榮是客，應該好好款待。在公事上，業績不能太差，而辛勤之後也該有些娛樂。偶而見昭榮顯得沒精神，便提議去ＫＴＶ玩樂。其實，兩個人都不是特別喜愛此道。只是羅德沒有其他嗜好，以此招待朋友，而昭榮不好婉拒他的好意。很多時候，昭榮懷裡抱著陌生的女孩，心裡掛念的卻是遠在台灣的莉今，這是羅德所不知的。

有一次昭榮跟羅德聊天，終於提到因為外派深圳而跟新婚妻子有點不愉快，羅德問他：「那你為什麼不乾脆把你老婆帶來深圳，這樣你們就不會分開，公司也會很高興，說不定就讓你長駐深圳。」

帶老婆來深圳？昭榮突然想起玉亭，想起當年還跟她說過，也許可以在深圳買房。如果昭榮說要帶她來深圳，她一定很高興。即使沒了工作，每天在家煮好晚飯，等著他回來，只要能跟他生活一起，她會願意。

但是，莉今不一樣，要她辭掉工作，每天關在家裡，她會受不了。她需要工作，她要有她獨立自主的生活方式，不想依靠任何人。

「我老婆不是那種人，她不會願意辭掉工作，跟著我來深圳。」

「如果她不想來深圳，也不願意跟你長久分開，那你來深圳只能短時間出差。我本來想，如果你可以長駐深圳，說不定等分公司總經理年老退休，你還可以坐上他的位置哩。」

昭榮確實曾有這樣的想法。在這家公司發展，不是在台北，就是在深圳。如果他想更上一層樓，深圳是比較容易些。當年第一次外派，他還很生嫩，不敢期望太多。可是現在不一樣，他穩坐業務的第二把交椅。理論上來說，他離夢想更近了，但當他奮力往前伸手時，回頭才發覺莉今和他綁在一起。夢想不再是一個人的事。

「沒有辦法，時間到了，我還是得回台北。」昭榮想想，繼續說：「也許隔個幾年，事情自然會有變化。」

「你是說，你老婆願意跟你來深圳？」羅德問。

「或者，她比較不在意我來深圳長駐。」昭榮回。

莉今會不在意嗎？昭榮心想，也許等到哪天有了小孩，她的關注轉到小孩身上，他就可以比較自由。但是，莉今喜歡小孩嗎？昭榮從來沒有跟莉今討論過。倒是玉亭說過，說她至少要生兩個，一個太寂寞了。

還好六個月很快就過去，昭榮又回到台北。接替他的人選是威利，也是派去六個月。公司這樣安排跟幾年前傑克離職時處理的方法完全相同，等於是公司危機管理的手段沒有進步，也沒有培養出長駐的人才。說不定命中注定，那個位置真的在等著昭榮。

回來後，昭榮立刻去礁溪一家溫泉大飯店訂了三天兩夜，以渡假來彌補莉今。這個方法很受用，莉今一下子就恢復往日的笑容。

但這笑容並不久長，只要昭榮喝酒應酬稍微晚歸，或者突然又要去深圳出差，莉今就不大開心。莉今大抵是一個需要人陪伴的妻子，其實玉亭也是，差別只在，玉亭把感受隱藏在心裡，但莉今會表現出來。然而玉亭已經是過去式，莉今現在是妻子，昭榮必須調整自已來適應。

昭榮養成一個習慣，把未來幾週的行程告知莉今，讓她記錄在家庭的行事簿上。莉今看得見昭榮的行蹤，預期他什麼時候不在家，她的感受會好一些。

莉今沒說，昭榮不瞭解的是，前一段戀情對莉今的傷害，讓她對感情有很深的不安全感。

第一次談戀愛的莉今信任前男友，給他太多的自由，結果她是最後才發現前男友跟好幾個女生偷來暗去。她受傷太深。從此如果無法確定這段感情真實而且堅貞，她寧可不要這段感情。這是為什麼她主動跟昭榮提出結婚要求。她以為結完婚，感情會安定，朝夕相處，能鎖住真心。但其實傷害在她內心產生的暗影仍在吞噬著她，只要昭榮不在身邊，時間長了，莉今就會胡思亂想，以為昭榮喜歡上別人，會拋棄她。

莉今知道這是自己的問題，昭榮跟前男友完全不一樣。但她不願跟昭榮提及前男友之事，也無法自我療癒，那個結就一直卡在心裡。

有一次昭榮又去深圳出差，原本說好是三天，拜訪兩家客戶之後就回來。結果因為一件意外，昭榮多停留幾天處理，一週後才回台北。莉今很不高興，聽不下昭榮的解釋，冷戰整整一週。

然後，最嚴重的一次來了。

威利也待滿六個月，即將調回台北。但是公司還是沒有找到合適的替代人選，所以副總來找昭榮商量，問他能不能暫時再去三個月。這次昭榮很警覺，不敢立刻答應，說要回家和太太討論。

「你那麼喜歡去深圳？」莉今劈頭就這麼問。

「客戶在那邊，這是業務的工作啊。不是喜歡不喜歡的問題。公司會派我去，也表示我受到公司的重用。」

「為什麼受到重用就要去深圳？在這裡發展也很好啊。」莉今繼續問。

「也不是說一定要去深圳，只是兩邊都跑，多一些瞭解，多一些機會啊。」

「我們不需要那些機會啊。」

莉今是在富裕的環境下長大，不會懂得昭榮力爭上游的企圖。她要的只是安穩的親密關係，一個有人陪伴的家。但昭榮不一樣，他小時候窮過，從此只懂得往上爬，習慣往上爬，他不願意再回去過以前的日子。他需要金錢、地位和同儕的認可，不只是一個妻子而已。他的需求是如此複雜，很難讓妻子瞭解。他一時不知道該如何回應。

「還是你喜歡去深圳是因為ＫＴＶ的女人很迷人？」莉今變得更尖銳。

「當然不是，我去ＫＴＶ也只是工作上的應酬而已。」

「那我也可以去當業務啊。如果我也因為工作應酬，跟你不認識的男人來往，你覺得怎麼樣？」

「話不能這樣講。」但要怎麼講呢？男人可以，女人不行。

莉今終究是翻出她心底恐懼的原因。ＫＴＶ的那些女人，昭榮跟她們性交，別人都這麼做，他也照做。這只是生理需求，昭榮這麼認為。但是真的是那麼簡單嗎，他有沒有沉迷，因此淡薄了對妻子的熱情。昭榮心裡自問時，沒有，回答得非常堅定。但莉今會相信？

「我可以盡量不去ＫＴＶ，不要去那些場所。」昭榮說。

「只是盡量而已？」莉今問。

昭榮費了很大的力氣想要說服莉今，他不會做超過工作需要以外的事，希望她相信他，而且也跟她保證，只要公司找到人選，就立刻回台灣。他不知道莉今能不能聽得進去，只是最後換來她冷冷的一句：「好吧！你去吧！」

到公司後，昭榮繼續與副總商量。最後的結論是，兩個月，而且如果找到人，他就提前回來。然後，他又出發去深圳。

結果，昭榮沒待滿兩個月就回台北，因為副總把幾年前跳槽去別家公司的傑克找回來。剛聽到這個消息時，昭榮覺得錯愕。這些年大家繞那麼一大圈，居然回到原點。傑克回來帶領深圳的業務團隊，好像什麼事都沒發生過似的，而且薪水還比以前高。昭榮有些不滿，離職的人可以高調回來，又沒有任何懲罰，這不是代表對公司的忠誠度是多餘的。但昭榮又不能對副總抱怨，也許就是因為手下夠資格的業務都不願去深圳，他已經無法可想，才出此下策。不管昭榮的感受如何，也只能接受，他已經沒有時間管那麼多，因為還有更糟糕的事等著他。

踏進台北家門的那天，就覺得家裡不大對勁，好像缺了很多東西。到臥室打開櫥櫃，嚇一跳，有一半是空的，莉今那一半是空的。昭榮的心情一下子低盪到冰點，這件事以前也發生過，那是玉亭去京都，是早已預知。但這一次呢？他繼續四處搜索，在客廳找到莉今留下的一封信。

你不在時，我想了好久，最後決定搬回家去了。

我並不是對你有任何不滿，只是我要的，跟你所能給我的不一樣。而我又好像成為你發展事業的絆腳石，雖然我不願意這樣想。也許我們就是不適合在一起，個性不適合，我們都需要退一步想想。

每次提出問題的好像都是我，而你總是在安撫我，這讓我覺得這婚姻好像是我要的，你只是盡力在配合我。有一些時候，我又覺得你的心並不在我身上，好像被其他什麼東西佔住了。是工作？還是人？我也不清楚。

在我無法感到生活很踏實的情況下，我們只能先分開。從現在開始兩個月，如果沒有人想挽回，那我們就離婚吧，讓彼此都有再重新開始的機會。

昭榮十分沮喪。他一直小心翼翼地照顧莉今的感受，配合她的要求，能做的都做，結果還是免不了走到這一步，到底是什麼地方出問題？只是因為經常去深圳出差，有這麼嚴重？雖然出差這事有時候意見不合，但也不至於到無可解決的地步。他可以再降低出差的頻率，即使會因此影響工作生涯的未來發展。

昭榮在沙發上沉思良久，疲憊加上思緒混亂，沒有找到什麼解方。但他該打個電話給莉今的，看不到面，至少要問清楚，她還是他的妻子。

「你回來啦。有沒有很順利？」莉今說，語氣很平淡。

「很順利，我已經在家。」昭榮稍微停頓一下才說：「但是妳不在。」

「我搬回我爸爸的家了。我們暫時分開比較好。」

「為什麼？」

「讓雙方可以去思考婚姻的意義。這段婚姻是不是要繼續下去。」

「妳可以回來，我們一起想啊。」

「如果我們住在一起，就不會去想這個問題，只會繼續忍耐。人是有惰性的，總是會把問題往後丟。」

「我們的婚姻沒有那麼多問題吧，頂多只是偶而意見不合。妳要我少出差，我可以盡量不出差。這都可以討論。」

「我不想拖著你。如果解決問題只是為了讓婚姻能夠持續下去，這種修修補補的婚姻就有點悲哀。」莉今繼續說：「我想了很久。我覺得婚姻的意義應該是，兩個人一起的生活會更好。如果沒有更好，那就得好好想一想。」

「妳覺得我們兩個在一起的生活沒有更好？」

「剛開始有，但日子久了就變了，尤其你不在我身邊的時候。如果是這樣，那恢復單身，只是當朋友不是也很好。我並不需要一紙結婚證書來保護些什麼，不需要。」

莉今這樣說，讓昭榮感到有點難過，好像整個結婚過程是多餘的，當朋友也可以一起生活。但換個角度想，那結不結婚的差別在哪裡？昭榮從來只想到要結婚，但從沒有想過有什麼不同。

「所以，妳認為結婚只是形式，最重要的是婚姻的內容。」

「對呀。結婚不應該是「目的」，而是「開始」，兩人一起快樂生活的開始。」

「妳要我去想想如何來維持快樂的生活？有什麼建議嗎？」

「喔，不，你人很好，我覺得我自己的問題比較多。我需要時間好好想一想，將來要怎麼做。」

說實在的，昭榮不會覺得意外。她就是那樣的人，很有自己的想法。有時候昭榮會猜想，是不是莉今以前曾經有過什麼遭遇，才會變成這個樣子。但是，如果她不願意講，他也沒辦法知道。結婚證書沒辦法確保兩個人是彼此透明，像玉亭之事，昭榮就沒有告訴過莉今，這是他存在心裡的祕密。

也許他們兩人的關係現在就像按下「暫停」鍵，還不到最後的決定時刻。有兩個月的時間，讓雙方考慮要不要繼續這段婚姻。這樣也好，不會太衝動。昭榮沒有覺得那麼難過了，只是暫時分開，還有時間努力，他應該可以說服莉今留在他身邊。

接下來這段日子，昭榮約莉今出門，她都會答應。去餐廳吃飯，去電影院看電影，有時候也送她回家。只是他們就像好朋友約會一樣，已經沒有夫妻的感覺。這時候昭榮才發現，人心一旦封閉起來，那距離就跟隔了斷崖一樣，即使人在身邊，心卻在遙遠的另一端。莉今非常堅定，不願再回到過去的日子。而昭榮說不清楚，為什麼重新復合的生活會比較好。延續婚姻需要有共識，在生活與工作的擠壓中，他們之間的共識所剩無幾。當時間靠近到期限終點時，昭榮有些急了，但他想不出什麼更好的方法。倒是莉今顯得很坦然，她只是說：「順其自然，日子一樣會過的。」

這句話是什麼意思，是她預告要說再見嗎？昭榮的思緒混亂起來。

終於，昭榮收到莉今寄來的離婚協議書。

他把它攤在桌上，每天下班回來看個幾遍，好像要從中讀出什麼暗藏的玄思，或者解決之道。但他一無所獲，只有無力感。在協議書上茫然一週之後，還是在上面簽名。結果就是，他被離婚了，回復單身。

這原本是一樁深受期待的婚姻，昭榮的人生會因此而變得美好，沒想到結束得那麼快，之前的想像成為幻影。

這樁婚姻的起始，昭榮確實被動。但步入婚姻之後，昭榮一直努力扮演丈夫的角色，沒有其他想法。但莉今要的更多，是莉今太貪心，還是他付出不夠。昭榮感到很挫折，好像身心都被淘空似的。他深深感受到自己的軟弱和無能為力。他曾經說服自己相信，莉今是這輩子最適合自己的人，現在成了笑話。

在萬念俱灰中，他想起玉亭，心中浮起一絲希望。也許命中注定的不是莉今，而是玉亭。還好他沒有跟她透露過他的婚姻，離婚等於將他兩年前的背叛洗白。他可以跟玉亭重新開始。

說重新開始是有點荒謬，需要Reset的只是昭榮的心理，跟玉亭一點關係都沒有。

他們分開後，莉今從她的公司離職，斷絕了繼續接觸的機會。而離婚之事幾個月後慢慢傳開，連遠在香港的羅德都得知這個消息，立刻打電話來安慰。

「聽說你離婚了，怎麼會這樣，你有外遇嗎？」羅德問。

「沒有，我們只是個性不合。」

「你看起來也不像是會有外遇的那種人。但是，個性不合，有那麼嚴重嗎？」

「她是一個很需要人陪的妻子，不大喜歡我常出差。兩個人對一些事情的看法有些不同。」

「是喔。我老婆也不喜歡我常不在家，不然，我們也不會離婚。」羅德比昭榮更早經歷離婚這件事，但他的情況比較複雜。

「沒想到你也跟我一樣走上這條路。」

「我自己也沒想到。而且還是她提出來的。」

「你們沒有孩子嘛，有沒有什麼財產的糾紛？」羅德問。

「沒有，什麼都沒有。所以，離婚只是在紙上簽個字，就這樣而已。」

「這樣是很乾淨清爽的離婚嘛，也不錯。像我為了贍養費、小孩監護權、探視權，紛紛擾擾搞了一年才結束。那就很痛苦。你這樣還好。」

「其實一點都不好，還是蠻難過的。被離婚。」

「不會啦。真的是個性不合，早離要比晚離好。拖拖拉拉把兩邊都綁著，最後還是離婚，那才真的浪費兩人的青春。像你們這樣，可以立刻重新再來。你只要把前面這段當成走錯路一樣，趕快回頭，再找一條對的路。」

「走錯路？」

「對，你只是走錯路而已。而且只是小小一段路，還來得及回頭。」這是羅德的結論。

回頭？昭榮確實打算回頭找玉亭，這算是走錯路的修正？但他卻沒注意到，這繁亂的幾個月，玉亭好久沒來信，這是他們聯繫最重要管道。會不會是他結婚的消息終究是讓她知道，傷透她的心，也因而停止寫信。昭榮突然有點擔心。不過依據他對玉亭的瞭解，即使她知道了，也應該會跟他求證。這麼重大的事情，她一定是要聽他親口說的。

昭榮開始盤算，也許應該突然去京都造訪，給玉亭一個驚喜。她絕對會很高興。

當他還在考慮時，那天終於收到一封信，來自京都，卻不是玉亭的筆跡。昭榮有點訝異，心中有不好的預感，在拆信時遲疑了好幾秒鐘。

江先生，您好！

我是玉亭住在京都的阿姨。我很遺憾地來通知你，玉亭已經在三週前病逝。我們每一個人都很難過，我想你也會很難過。

什麼！玉亭過世了！昭榮不敢相信，整個視線搖晃，拿信的手不自覺地顫抖起來，太令人震驚。

昭榮好不容易維持住自己，勉強繼續讀信。

玉亭在癌症治療的過程大致良好，還算有控制住。但前不久玉亭受到病毒感染入院治療，原本打針吃藥後，看起來恢復得很好，第三天就打算出院回家，但是當天晚上玉亭的狀況突然又急轉直下，經過一整天的搶救，無效，她在隔天下午過世。醫生的解釋是，這跟個人體質有關，有時候難以預測。這真的是無可奈何之事。比較令人感到安慰的是，她應該沒有受到太大的痛苦。

她是那麼貼心的一個人，來這裡陪我，一陪那麼多年。也沒想到當年和你在台灣分開，從此就沒再見面。

老天對她不好，這麼可愛善良的一個人這麼早走。

她的大哥有來這裡處理她的後事。玉亭生前有說過，喜歡京都，所以我們的結論是就葬在這裡，等於繼續跟我作伴。

我知道她一直很喜歡你，對你的感情從來沒變，很可惜你們最終沒能在一起。大概是沒有緣分吧。世間事很難說，誰都無法預測。

希望你不要太難過，要重新開始自己的生活。將來如果有機會，歡迎你隨時來京都，玉亭從此在這長眠。

昭榮還沒讀完，淚水就從眼眶急湧而出。他的心肺好像被人掐住一樣，痛苦得幾乎喘不過氣。他仍然不敢相信。玉亭的存在一直是他心中最溫暖最穩定的一塊，包容著他，讓他在茫茫人海中有個依歸。現在居然不見，一種前所未有的空虛感向他襲來，把他淹沒，他感到冰冷，從內心直傳到四肢。跟他關係密切的人先後都消失，媽媽過世，莉今離婚，現在連最瞭解他的玉亭也走了，他的未來陷入一片絕對黑暗。

昭榮非常自責。假設當年他把玉亭留在身邊，很可能可以早點發現玉亭的疾病，早點就醫，結果應該不一樣。結果他讓玉亭離開。

他甚至沒能在京都見她最後一面。

昭榮有些懷疑，會不會是玉亭知道了他的背叛，萬念俱灰的情況下，在心理上放棄了對病魔的抵抗。如果是這樣，那他豈不是成了罪人。他很痛苦，而沒有人可以給他答案。

昭榮無法再多想，想下去只剩下一個結論。當所愛都消失，失去方向也沒有重心，他的人生已經沒有任何意義。

十三、看不到明天

怎麼麻痺自己？喝酒？昭榮不是愛喝酒的那種人，往往只是點到為止，但現在有人跟他舉杯，他一飲而盡，結果飯局還沒結束，就醉倒一旁。同事或客戶也怕了，以前是勸酒，現在是勸少喝。他們以為昭榮因為失婚而心情不好，而真相只有昭榮自己知道。

媽媽過世，莉今離開，他都痛，但玉亭之死意義完全不同，像是壓垮他的最後一根稻草。那是整個未來的失去。昭榮不想面對，想要逃避，甚至請了長假，開車去東部，躲在沒有人認識的地方。然而，逃離不了自己，回憶像海濤一樣回來，不時把他捲進痛苦之中。

巨大的空洞啃噬著，他的內心只剩一片荒蕪。

他像行屍走肉一樣的生活，而究竟過了多久，幾天，還是幾個月，他搞不清楚。直到那天總經理秘書問他，知不知道副總已經離職？

剛開始那幾個字像掉進他腦袋的玻璃珠，乒乒砰砰響，卻沒彈出什麼意義。幾秒鐘之後，他才突然活過來，非常震驚。

副總的存在跟地球是圓的一樣的堅實，昭榮從來沒有想過這樣的可能。怎麼會突然走人？

總經理秘書繼續說，原來是總經理和副總對業績達成率的認知不一樣，這牽涉到副總所能得到的額外獎金。副總有些氣憤，索性提出辭呈，沒想到總經理居然就批准。

總經理秘書說完之後，還給他一個曖昧的眼神。

昭榮不清楚總經理和副總之間存在什麼樣的緊張關係，但這消息卻在他原本有如死水般的內心激起漣漪，觸動了他深處的某種渴望，讓他一下子甦醒。

對公司其他同仁而言，這只是一則高層間的八卦，但對昭榮而言，卻有切身的利害。他是副總之外最資深的業務人員，如果總經理沒有從外界攬才，直接內升，那他應該是第一人選。

他好像歷經巨大的船難，在渺茫的大海中浮沉，幾乎滅頂。就在這時候遙遠的海平面上冒出一抹微弱的島影，讓他突然看清方向，燃起希望。

每一天生活重新擁有踏實的理由。

副總走後，總經理暫時兼任副總的工作。但是總經理並非業務出身，問題遲早得解決。接下來幾個月，只要有總經理出席的會議，昭榮絕對努力表現，有幾次還獲得總經理當面讚賞。而這段時間，也沒有任何外人進入公司的管理階層，所以他推測空降的機率並不大。只是覺得奇怪，總經理口風很緊，從來沒有跟他透露半點訊息。昭榮心想，這或許是高階人員晉升的常態，要等到最後一刻。

終於來到新年度，按照慣例，公司會公佈新的組織和升遷。這次公佈，昭榮什麼都不在意，只在乎自己。他認為這陣子以來的黑暗終將過去。

早晨昭榮來到公司，照例與每個早到的同仁打招呼，但同仁們沒有出聲賀喜，反而臉露一絲尷尬。他覺得奇怪。

趕快到自己座位，打開電腦，從 email 點開人事通知，果真公佈新的副總。但令昭榮震驚，人選居然不是他，而是威利。昭榮一再重看，確定沒有錯看任何一字。沒錯，是威利。怎麼會是他？威利比昭榮晚半年進公司，昭榮還帶他去拜訪最初的幾家客戶，而因為昭榮年長幾歲，所以他們平常在閒聊時，威利都稱呼昭榮，老大。現在小老弟居然變成他的頂頭上司，昭榮完全無法接受。不論資歷或能力，他都在威利之上。

他不相信，想要找總經理問清楚。沒想到總經理和威利都不在，去拜訪客戶，兩天後才會回來。這是很難熬的兩天，辦公室同仁都避免跟他眼神接觸。大家不知道這是怎麼一回事，等著知道答案的人回來。第三天早上昭榮一早就聯絡總經理秘書，要跟總經理面談，但不安地等到快中午，總經理才騰出時間。當他進總經理辦公室時，思緒和頭髮一樣凌亂，焦慮不自覺地爬在臉上。總經理看穿他的狼狽，示意他先坐下，繼續工作一會兒，等他冷靜下來，才從電腦上抬頭。

「你找我？」總經理問他。

「對，有些事想請問一下總經理。」昭榮覺得總經理是明知故問。

「什麼事？」總經理臉上有種奇怪的表情，似笑非笑，但沒有訝異的顏色。

「我是說這次升遷，威利被升為副總。」昭榮小心翼翼地說。

「沒錯，公司最後考慮的結果就是威利。」總經理肯定的回答。

「但是威利比我晚進公司，而且我還帶過他，威利年紀也比我小。論資歷和能力，我一點也不輸他。我不知道公司是怎麼考慮的？」昭榮沒辦法再裝鎮定。

「你講的沒錯。你的資歷和能力都在威利之上。」

總經理的回答令昭榮感到驚訝，心中的疑問就更膨大：「如果是這樣，那為什麼不是升我？而是升他？」

總經理陷入一陣沉默，定定地看著昭榮。沉默讓等待變得滯重，但沒有無止盡的延伸。一陣子後總經理彷彿下定決心似的開了口：「本來我們想，只要公佈升遷，你會受不了，就會提出辭呈，這件事也就結束。但事情顯然不是這樣發展。」

「我為什麼要提出辭呈？」

「讓威利接班，表示公司放棄你，這不是很明顯嗎，待下去你也會很難受。」

「我不懂，公司為什麼這樣做。這麼多年來，我一直盡心盡力為公司。公司怎麼會這樣對我？」

總經理再次陷入沉默，但這次沒有很久：「因為你拿了羅老闆的回扣。做為一個業務，這是大忌，沒辦法原諒。」

總經理的話讓昭榮非常震驚，他不相信總經理會知道這件事，而且這金額也不高，應該沒那麼嚴重。他只能否認到底：「我沒有啊，這絕對不是事實，一定是有人惡意造謠。」

「這種指控很嚴重。如果沒有講清楚，你大概也會不服氣。」總經理繼續說：「這發現的過程可以說有一點巧。你記不記得羅老闆的財務經理，楊經理。」

「見過面，但不是很熟。」

「楊經理因為看壞香港的未來發展，兩年前退休後就申請移民來台灣居住。因為他對兩岸三地的金流處理很有經驗，被我們的一家客戶相中，聘為財務顧問。他們公司尾牙時，我去參加，剛好被安排同桌。因為羅老闆這層關係，我們聊了好一陣子。那一天他酒喝多了，有一點醉，不小心跟我提到你。他說他對你很熟，因為經常要匯款給你。」總經理稍微停頓一下才繼續：「當時我的心振動了一下，想說有什麼情況代理商的財務經理要經常匯錢給你，這不尋常。突然想起好幾個案子你非常努力為羅老闆爭取降價，然後我就明白了，這是回扣。」

昭榮心裡開始顫抖，兩頰好像被熨斗燙過一樣發熱，但他沒辦法馬上投降，必須堅持自己的清白：「總經理你不能這樣就認定我收回扣。楊經理喝醉酒，講幾句醉話，就認為我有罪，這根本就是毫無理由的誣告。」

「嗯，你說的對，不應該只聽信一個醉酒之人的片面之詞。所以，我做了查證。我去問了羅老闆有沒有這件事。他親口跟我證實。」

昭榮這一驚非同小可，他好像站在懸崖邊上，羅德的出現推了他最後一把。他就這樣驚惶的落入萬丈深淵，無限墮落之感割過他每一條神經。

「我不相信羅老闆會這樣說。」

「你可以去跟他求證。但他確實有跟我證實，有匯錢給你這件事。所以，就這樣定案了，也沒什麼討論的餘地。」總經理繼續：「我問過董事長的意思，他說只要業務拿回扣一定要走人，不管職位多高。不這樣做以後沒辦法管人。所以，你只能離開。」

「我真的不懂為什麼羅老闆這樣說。」昭榮心裡不明白的是，他跟羅德感情這麼好，怎麼會出賣他。

「那你可能需要去問他。念在十多年來，你對公司貢獻很多，沒有功勞也有苦勞。不然這樣，我用資遣的方式讓你走，至少你還可以領到一筆不少的遣散費。這是最後我所能做的。」總經理講完這番話，除了客套之詞，他們之間的對話已經沒有繼續之必要，一切都太通徹太明白。

所以，昭榮被資遣了。

十多年來他一直努力經營的工作和對未來的期望，一夕之間崩落。

在短短的一年多時間，昭榮失去與莉今的婚姻，失去玉亭，現在失去最重要的工作，他從人人稱羨的雲端，摔落到一無所有的窘境。怎麼會這樣？昭榮無法理解。他並不是個壞人，沒有對不起誰，一生都很努力，也不會自私懶散。他比大多數的人都值得一個美好的未來，但命運居然給他這麼糟糕的下場。究竟他做錯了些什麼？

那天離開公司，他是徹底絕望。多年的打拼，什麼都沒了，只剩下婚前他買下的房子，唯一的棲身之所。回到家，他哪裡都不去，蜷曲在自己的窩裡，失去面對外面世界的勇氣。昭榮完全放空自己，只有飢餓時才找東西吃，除此之外，不想做任何事。他的存在和這世界完全不相干了，他已經被徹底遺棄。他甚至懷疑還需要明天嗎？

羅德的電話終於是找到他。當昭榮聽到那一頭「喂」的一聲，立刻認出是羅德的聲音，突然起了精神，憤怒把他振醒：「你居然出賣我，我真沒想到。」

「你怎麼這樣說，我怎麼會出賣你。我們兩個的交情那麼好，我怎麼也不可能害你。」

「你居然跟總經理證實有匯錢給我，你把我害死了。」

「不是我，是楊經理啊。誰知道他移民台灣之後會遇上總經理，喝醉酒還亂說話。我特地打電話給他，臭罵他一頓。但是總經理已經知道，也來不及了。」

「但總經理跟你求證時，你可以堅持沒有這回事啊。你怎麼會跟他說確實有這件事呢？」

「你總經理威脅我啊，說如果查出來有這回事，要斷掉我的所有代理權。他說他有認識的銀行朋友可以幫他查帳戶。我怎麼知道是真的還是假的。也怪我和你這個策略太成功，原本你們公司產品只占我營業額一成，結果後來拉高到超過一半。如果你總經理真的斷掉代理，我公司會很慘，我得裁人，不然公司經營會有問題。」羅德很焦急地繼續說：「我也沒有跟他承認是回扣，我只是跟他說，因為我和你合作很愉快，為了感謝你的努力，所以有致贈你一點過節禮金，聊表心意，而且金額也不高，如此而已。」

聽到羅德的回答，昭榮心中一片冷然，回扣和禮金不都是錢。他相信楊經理和羅德都不是故意要害他，但是他們造成的傷害卻是無可彌補。他的人生就這樣被毀掉。

「真的，我被你害死了。現在我什麼都沒有了。」昭榮說得有氣無力。

「對不起，我真的沒有預期到結果這麼嚴重，總經理會下重手。如果知道他會這樣，我打死都不會承認。我最不願意的就是失去你這個朋友。」

昭榮的心好亂，然後再次感到自己的軟弱，他甚至無法在憤恨上堅持。事情已經發生，沒有挽救的可能，那麼繼續對羅德生氣也沒有任何助益。他只能怪命運，或者怪自己，究竟回扣是進入自己的帳戶。

「我不知道未來怎麼辦了。」昭榮的真心話。

羅德看到的只是昭榮失去工作，他無法體會昭榮失去婚姻，也不知道昭榮心底祕密懷抱著的玉亭，所以他很努力地想在工作這件事做彌補：「你不要失望，這也不是世界末日。我相信以你的才幹一定可以找到更好的工作。或者如果你願意來香港，我可以幫你介紹工作。把這個危機當成一次轉機。」

「不知道。我好像提不起勁，這次傷太重了。」

「不要這樣。你這樣我也會很難過。」羅德想了一會兒才說：「也許你需要先休息一下，再重新出發。不然這樣好了。我記得你曾經跟我提過想去京都玩。我因為做生意的關係去過幾趟，我覺得京都很不錯。你要不要先去京都玩一陣子，當成在渡假。我每次去都是住在御苑附近的一家旅館，設備很好。我幫你訂機票和那家旅館，你只要帶著護照出門就可以。先休息個兩個禮拜，回來我們再討論。」

「去京都渡假？」昭榮突然想起他對玉亭的承諾。她生前無法兌現，至少她死後去看看她居住的城市，對天上的她或許也是一種安慰。

「對，去京都。人去就好，其他我幫你安排。」

「京都。」昭榮像自言自語地重複這個名字。這個既熟悉又陌生的城市，堆疊了他所有的遺憾，現在變成他唯一的想望。他是應該去看看。

也罷，他的人生已經沒有任何東西值得掛念，甚至連懷想都顯得不堪，台南、台北、深圳，就只剩下一個尚未完成的京都。

他有什麼好猶豫的，已經沒有任何東西可以讓他再失去。

昭榮最終接受羅德的好意，打算去京都兩個禮拜。

他也寫信給玉亭的阿姨，告知將要來訪。在昭榮盡剩灰燼的世界裡，他居然在「去京都」這件事上找到一點意義。那像是一抹微光，在長長的黑暗盡頭吸引了他的視線和腳步，他不知不覺的往前，彷彿是回應自己的最後救贖。

十四、在京都相見

抵達日本關西空港時，比預期的冷。三月初的台北已有春意，這邊卻陰霾連綿。昭榮的心情像被冰過，也一下子降了好幾度。

晚上九點多，順利抵達京都御苑旁邊的旅館。一位佩戴著名牌「山口」的女職員為他辦理入住手續，隨口問他，是來旅遊，還是工作？昭榮猶豫了一下才回答：「來探望朋友。」

探望誰呢？他在心中自問。那人已不在，頂多是刻著名字的墓碑，忽然心中一陣酸苦。他知道這一趟旅程的本質不是渡假，無法阻止悲傷情緒的湧現，但他正處在人生的絕對底谷，並不擔心被悲傷所淹埋。

第一週他去了許多地方，玉亭信中提過的地點。和玉亭阿姨的會面則安排在第二週。在過程中他經常揣想玉亭的心情，忽略自己的感受。他來是為了緬懷玉亭，並不是為了自己。

到了他和玉亭阿姨約好那天早上，出門時剛好遇上第一天為他辦理入住手續的山口小姐。山口和他已經有點熟識，跟他聊了幾句。她問他，有沒有見到要探望的人？昭榮愣了一下，然後照實說，今天要見面。山口小姐回他，那很好。她看他穿得不是很厚實，特地跟他說，今天有一個強烈寒流來襲，建議他多穿一點。其實這幾天昭榮也感到天氣越來越寒冷，但今天早上計畫去稻荷大社。爬山會發熱，應該不是問題。昭榮心想，如果回來時真的很冷，再到京都車站的百貨公司買件外套。

昭榮跟山口小姐說再見後，搭地鐵，再轉JR宇治線鐵路來到稻荷大社。玉亭信裡提過多次，常來，一方面離她的住家不算遠，另一方面也是因為不需要參拜費，沒有關門時間。

遊客很多，而且一半以上是國外觀光客。昭榮跟隨著遊客穿過一個個朱紅的鳥居往山上走。到了半山，很多人體力不支折回去，遊人才逐漸減少。昭榮只花四十分鐘就來到頂點，標高兩百三十三公尺的稻荷山其實不高。他四處張望，沒什麼令人感動的景色，所以只待了一會兒便下山。

玉亭喜歡這裡，只是因為這些華美的鳥居，還是因為可以不費力爬上一座小山？昭榮不知道，也沒有人可以給他答案。

從山上下來後，昭榮再次搭電車，他和玉亭阿姨約中午在醍醐車站碰面。

沒了玉亭的京都只剩夢想蛻下的空殼，美麗而蒼涼，昭榮無心享受，此行僅有的一點意義在玉亭阿姨身上。他無法預期見面會發生什麼事，但他確定，十多年的感情不該這樣不聲不響地消失。如果真要做個了結，唯有玉亭阿姨。不論怪罪，或者安慰，他都接受。

當昭榮抵達車站旁的AL Plaza購物中心入口，沒等多久，遠遠見到一個中年婦女朝他走來，立刻認出玉亭阿姨。因為除去額頭的皺紋和滄桑的白髮，面容和玉亭神似，霎時昭榮心中有種複雜的感受。

「妳好。」昭榮主動出聲。

「你是江先生？」那位婦人回。

「對，我是。我是玉亭的……」昭榮不知道怎麼描述他和玉亭的關係。

「我知道你跟玉亭很要好。你們的事我都知道。」那位婦人幫他解釋。

跟玉亭很要好？昭榮是一直愛著玉亭的，雖然他也做過對不起玉亭之事。看樣子玉亭阿姨並不知情。

「田媽媽，謝謝妳。」昭榮不自覺地這麼說。可是聽到這稱謂的玉亭阿姨卻笑了起來。

「你不能這樣稱呼我，田是玉亭養父的姓，跟我一點關係都沒有。」

昭榮一時沒想清楚，這樣稱呼是錯的，他說：「那我該怎樣稱呼？」

「玉亭一直是叫我阿姨，你也可以跟她一樣，叫我阿姨。」

因為阿姨笑了，讓昭榮稍感寬心。他和玉亭同居七年，卻沒有娶她。玉亭來京都生活多年，他也沒來看過。玉亭阿姨會不會因此對他有所怨恨，現在看起來，他是多慮了。

「好，我就稱呼妳，阿姨。」因為玉亭的關係，昭榮對阿姨有了親切感。

「這個地方有點冷，我們去找個暖和的地方坐下聊吧。」阿姨說。

「好。」

「這附近有家餐廳，我和玉亭常去吃午餐，並不很遠。我們走過去。」

於是他們離開了購物中心，走進旁邊的巷子裡，左彎右拐，來到一家小店門前。看起來很家庭式的餐廳。阿姨首先走了進去。一個頭髮染成棕黃色且有點凌亂的中年婦女立刻上前過來打招呼。當他們走到角落餐桌坐下時，櫃台後面另一個看起來比較斯文穩重的婦女也伸出手來跟阿姨揮手致意。她們三個一起看向昭榮，用他聽不懂的日語熱切地交談。

過一陣子後阿姨才跟昭榮說：「她們兩位都認識玉亭，跟玉亭很要好。」

當黃髮婦也回到櫃台後面去幫他們準備餐點時，阿姨才繼續跟他解釋：「那位黃頭髮的叫福家，後面比較漂亮的那位叫弘子。福家沒有結婚，弘子則結過婚，但離了婚，她們都有過很辛苦的過去。兩個人是好朋友，後來一起開了這家餐廳。」阿姨繼續說：「有一陣子玉亭在超市打工，中午下班後，常會來這裡吃飯，因此跟她們熟識起來。熟識到最後，甚至是會來這裡幫忙，洗碗端菜招呼客人之類的。玉亭是那麼可愛善良的女孩，她們兩個都把她當女兒那樣看待。」

昭榮回想起在玉亭關西老家，她和家人聊天的熱絡模樣，也記起在新店居家附近晚餐時，玉亭和老闆娘的閒話家常。玉亭有著鄰家女孩般的平凡魅力。

「玉亭確實是那樣的一個人，沒錯。」昭榮跟著附和。與玉亭相處的片段重新回到昭榮的腦海溫暖了他的心。他曾經擁有最多。

「福家、弘子和我三個人都沒有子女，這幾年卻能夠有玉亭來作伴，真的感到很幸福，雖然這時間有點短。」

「她應該也喜歡跟妳們在一起生活，她應該很快樂。」

「結果卻被一場病無情地帶走。」

昭榮在阿姨臉上讀出難過的表情，今天的第一次。在此之前她一直顯得堅強開朗。也許她只是努力掩藏，玉亭究竟是她的親生女兒，哀痛是一定的，只是不知藏得有多深。

這時候福家和弘子各端著一份午餐，一起走過來。那是相當豐盛的午餐。昭榮嚇了一跳。當她們把午餐端上桌，又開始熱切地和阿姨聊了起來。聽不懂日語的昭榮只能帶著微笑一旁呆坐。

「她們要我跟你說，她們很高興能見到你。」阿姨幫她們翻譯。

「見到我，為什麼？」昭榮有點不瞭解。

阿姨遲疑了一會兒，好像在找解釋一樣，好不容易確定後才緩緩地說：「你知道玉亭已經走了，我們再也看不到她。而你是她最愛的人，她愛你一定是有原因的。我們好像可以從你身上，感受到玉亭的存在。這樣解釋實在是很複雜。但是，真的，你的出現，其實是在傷痛之中給了我們很大的安慰。不知道你能不能瞭解。」阿姨講這番話後，也同時回頭翻譯給旁邊的兩位聽。兩位聽完後，不斷點頭。

這番話給昭榮極大的震撼，他變成了玉亭的替代，繼承了她留下的愛，因玉亭離去而裂開的世界重新聚攏在他身上。他楞楞的，不知該說些什麼，心底變得沉重，而眼角凝聚淚意。

這時候那位黃頭髮的福家朝他趨近，突然爆出一堆日語，講得急切又頻頻頷首。昭榮知道福家沒有惡意，但完全不理解她講的內容。突然間，她落淚了，但是隨即用手把眼淚拂去。站在後面的弘子趕快扯著福家的衣服，把她往後拉。福家知道她失態了，回頭跟著弘子離開。

「她說了什麼？」昭榮急回頭問阿姨。

「她講得有點亂。」阿姨說，稍微回想一下才繼續說：「剛開始幾句是歡迎你之類的話，歡迎你隨時再來。」「然後，她開始說玉亭是多麼好的一個女孩，溫柔、善良、善體人意。但是老天多麼糟糕，這麼年輕就把她帶走，實在太不公平了。」「她說她很難過。重複說了幾次。」

阿姨的解釋再次喚起昭榮對玉亭的記憶，他仍然感受得到她的溫柔。我可以請妳跳舞嗎？好。我們一起去爬紗帽山？好。等我從深圳回來，我們要再去明池山莊住？一定要。

昭榮終於忍不住，豆大的淚珠從他的臉龐滑落，阿姨嚇了一跳。昭榮跟福家一樣，也立刻用手擦掉眼淚。

「你不要哭啊，人都走了。」阿姨說。

「有時候我會想，如果我把玉亭留在身邊，也許可以早一點注意到她的病，早一點治療，她就不會那麼早走。」止不住的眼淚又掉下來。

「你不要這麼說，這一切都是命。命運注定，誰也改變不了。」

「我們在一起那麼久啊。」

「她跟你一起過了那麼美好的幾年，我常聽她講。她是快樂的，這應該就夠了。」

昭榮逐漸安定下來，停止落淚，在阿姨面前，他覺得有點不好意思。

「我想去看看玉亭。」昭榮繼續說：「我查過地圖，就在住宅區上面就有塊醍醐共同墓地，離這裡不遠，玉亭是不是就葬在那裡？」

「噢，不是喔。玉亭不是葬在那裡。」阿姨繼續說：「玉亭是葬在靠近稻荷大社附近，一個叫深草墓地的地方。玉亭是樹葬。這是她選的。」「她選擇樹葬是覺得不會有什麼人來看她。而且她希望離稻荷山近一點。」

「深草墓地？為什麼去葬在那裡？她那麼喜歡稻荷大社？」

「她沒有跟你說過？」阿姨顯現有點猶豫的表情。

「說什麼？她只跟我說常去稻荷大社，爬稻荷山，有空就會去。」

「她好像真的沒跟你說。但她人走了，而且我想你也有權利知道。」

「我有權利知道？她有什麼沒跟我說的？」

「其實都已經過去了，也不是很重要。」阿姨講得讓昭榮有點疑惑。

阿姨的語氣變緩了：「玉亭在來日本之前有懷孕。」

晴天霹靂，這句話震得昭榮要失去理智：「什麼？玉亭懷孕，她沒有跟我說。」

「我想她應該是為了不讓你擔心，沒跟你說。」「這個傻孩子跟她媽媽一樣傻，未婚懷孕。」

「當她知道自己不小心懷孕後，一直猶豫要不要把小孩生下來。那時你的工作發展得不錯，要被調到深圳去，你好像很期待。如果玉亭把小孩生下來，你可能因此留下來，不去深圳，她也不能來日本陪我，所以考慮很久，也跟我討論。」「當年我未婚懷孕，但我知道我大姊想要一個孩子，她會養，所以我生下來。但玉亭的情況不一樣，她生下來得自己養，而且也會影響到你。所以她後來決定拿掉。她想以後如果要小孩，還可以再生回來。」

「所以，她拿掉小孩？」

「對。」

突然知道自己曾經有過一個小孩，然後又知道這小生命已經不復存在。昭榮好像心裡被挖了一個洞那樣，落入一種虛幻的悲傷之中。

昭榮安定下來，想起剛剛的話題，繼續問：「那這跟稻荷大社有什麼關係？」

「玉亭一個人在日本，雖然有我們陪伴，偶而還是很孤獨。待久了，尤其是剛得病的那一陣子，不知道怎麼的，開始想念她的小孩。有時候我們散步走到附近的幼兒園，她會停下來看，然後跟我說，如果她把小孩生下來，現在會是像其中的某一個。她會在那裡看著那小孩笑。她覺得她會生個女兒。」

「她覺得會是一個女兒？」連性別都確定，讓昭榮感覺越來越真實。

「不只是這樣。玉亭甚至為她女兒取了個名字。因為小孩沒被生出來，沒有見過太陽，所以，她叫她，陽子。對，就叫，陽子。」「她是不是很傻？」

「陽子？」昭榮近乎喃喃自語地重複這個名字，一下子烙印進他心裡，非常刺痛地。

「她告訴過我，有一次她去逛稻荷大社時，買了一個小鳥居，她在一邊寫上自己名字，另一邊寫著陽子，留在神社裡祭祀，祈求好運。」

「什麼？還有個寫著名字的鳥居。妳是說立在路上那種紅色的鳥居？鳥居不是都很巨大嗎？」

「不是那種立在路上的鳥居，而是另外一種擺在神社內的小鳥居，在稻荷山的後山有些神社可以擺小鳥居。」

「我今天早上剛去過稻荷大社，沒有注意看，有那種小鳥居？是哪一個神社？」

「不在主要的山路上，而在後山。在稻荷大社，過了千本鳥居的奧社後面，有一條叉路往右走，會經過神宝神社。這一條路上沒有觀光客，人很少，有幾座小型的神社在那裡，應該是其中的某一個神社。玉亭也沒有講得很清楚，是哪一個。」

「這是為什麼玉亭常去稻荷大社的原因？」

「對，當她有空的時候，當她想念她的小孩。」

「她那麼想小孩？」

「也許是當媽媽的天性。在她生病的末期，她變得有點憂鬱，時常會提到陽子。有一次她甚至說，也許是在地下的陽子太寂寞了，想找她媽媽作伴。這當然是病人的胡言亂語，但是可以瞭解，玉亭是多麼想念她的小孩。她應該會是一個很好的媽媽。」

昭榮一直知道，玉亭是個好太太，現在他才知道，她也會是個好媽媽。原本他們有機會一家三口組成一個甜蜜的小家庭的。現在只剩下他一個人，陽子來不及出世，玉亭葬在異鄉。在一天之內知道這麼多事，這實在太多太多，遠遠超過昭榮的負荷。他的淚又不爭氣的流下來。

「我很想念玉亭。」昭榮靜靜地說。

「我們都很想念她。」阿姨回。

昭榮和阿姨繼續談著玉亭一直到三點多，客人都走光了，只剩下店主人和他們。昭榮坐不住，想走，不是因為無話可說，而是心底湧起一股衝動，一種突生的想望正熱切地召喚他。告別的時候，福家、弘子和阿姨一再強調，隨時歡迎他再來。昭榮回說，會的。從此他知道，他也代表死去的玉亭。

回到醍醐車站，他沒搭北上的地鐵回旅館，反而走往南下月台。昭榮打算去尋找那個屬於玉亭和陽子的鳥居。在中午之前，他是個失意又失業的男子，孤獨的一個人。但現在知道他並不孤單，還有玉亭和陽子。如果找到那個鳥居，象徵他們一家終於團圓，才會讓這趟旅程有真正的意義。

昭榮憑藉著早上的印象重新上山，穿過重重鳥居，經過奥社奉拜所，果真在鳥居的間隙找到一條叉路，立著往神宝神社的標誌牌。

他右轉踏上人煙稀少的小徑，先經過一大片竹林。一對穿著和服的情侶正在照相。昭榮穿過他們身後，看到拍照中的女生擺出柔媚的姿態，散發著令人艷羨的幸福。他突然想起，玉亭也有同樣的期望，但來不及完成。他嘆了一口氣，回頭，帶著遺憾繼續一個人的踽踽獨行。

果真找到幾個神社。

當他穿過弘法神社深邃的入口，看到石狛狐後面露出一疊小鳥居時，心跳加速，阿姨說的沒錯。他上前查看，鳥居的兩支腳上有不同的人名和地名，但沒有玉亭和陽子。他沒有失望，她們躲起來了，等著他去發掘。昭榮轉頭看向社內深處，知道這會是個漫長的午後。

然後是另一個神社。同樣佈滿各種石鳥居和陳舊的碑牌，甚至比前一個更加漆黑幽深。說是神社，其實還比較像是墓地。昭榮邊找邊疑問，玉婷是個怕黑怕暗的女生，會一個人來這裡？如果她真的來過，唯一的理由一定是太想念陽子，母愛才給她足夠的勇氣。

她那麼愛小孩，如果當時讓她把小孩生下來，未來的路必定完全不同。他們會一起照顧，雖然沒有深圳，沒有京都，但會有一個完整的家。然而，這一切都太遲了。

連續找過幾個神社，找不到他要的小鳥居，時間已近黃昏。頭頂烏雲濃重，昏暗的光線和不斷加深的寒意，在昭榮心裡升起一絲不安。但他把衣領衣袖拉緊一點，不斷對著手心哈氣，沒有改變心意。

終於走到平路的盡頭，換成階梯往山上爬。進到森林的深處，天地沉靜，只剩自己的喘息聲。偶而旁邊閃現幾個石碑或鳥居，像孤墳一樣的存在，令平常人感到可怕，而昭榮完全不在意。玉亭的小鳥居在哪裡是他唯一的掛慮。

突然間，天空飄下淡淡的白點。

起初以為是櫻花。他記得山口小姐跟他說過，花季近了。但當他停下腳步，伸手去撿拾時，尋不著花身，才發覺那不是花，是雪。無聲的細雪正穿過林梢的枝葉悄悄地掉落在山徑上。昭榮抬起頭來，張開雙臂，生平第一次，在寧靜中迎接白雪的灑落。雪花輕輕碰觸他的臉頰、胸膛和雙臂，輕柔唯美，也舒緩了身體的疲憊。

昭榮靜靜地站立，享受這奇妙的初遇。

在這個不可思議的下午，他見到了玉亭阿姨，知道自己曾有個小孩，然後遇到彷如幻境般的降雪。那接下來呢？

昭榮在落雪中等待，等待奇蹟的發生。但小鳥居不會自己現身，他在山林深處，玉亭和陽子不知躲在哪裡。

昭榮越來越覺得冷。雖然他執著，想完成心願，然而降雪也在腦海裡慢慢堆出一番掙扎，要繼續走嗎？猶豫在他信心邊緣擴散。

昭榮想到玉亭。他沒有為她買房子，沒有許她婚姻，在她生病時沒有來京都看她，他一生都讓她失望。如果現在折回去，在離開阿姨的餐廳時曾做了決定，結果半途而廢，在天上看著的玉亭會不會更加失望。昭榮的脊骨好像被人摸過一樣，感到一股涼意。

昭榮把視線從天上移回到路面。雖然還看不到路的盡頭，終點應該不遠，他決定要盡力，把猶豫踩在腳底。

他挺起胸膛，繼續往前走，不讓玉亭再失望。

昭榮最終來到一個鐵架搭建的展望台。當他踏上台階，回頭看時，地面上已有薄薄一層積雪，雪下得很快。他走到展望台的邊緣立定，遠遠望出去，森林上邊剛好露出一塊往南的視野。這時他才注意到，遠方山下的都市亮起燈光，夜晚已經降臨。在徐徐的落雪中，點點燈光顯得十分祥和。那是很多人的家，京都人的家，但沒有一個歸屬於自己。他大老遠的走來這裡，但期盼的卻是遠方點著一盞溫暖的燈的家。

昭榮再度感到疲憊，剛才初雪的那一份興奮已然消失。他回憶起過去，突然又有落淚的衝動。他究竟是過了什麼樣的人生，怎麼會這個時刻來到這個地方。奮鬥了十多年，到頭來一場空，所有愛他的人都不在，連工作也沒了。他的人生可以重新再來嗎？他繼續努力的意義在哪裡？昭榮突然覺得肩頭無比沉重，內心被空虛啃噬，只剩深深的寂寞。

在這個時刻他好想有個家，玉亭，他，還有沒有見過面的陽子。那樣他或許可以擺脫寂寞，重新振作，但是那個鳥居在哪裡呢？

雪繼續落著，很快地把周圍景物全部吞沒，所有的小鳥居被覆蓋在白雪之下，昭榮不可能找到玉亭的鳥居了，已經沒有希望。現在他只覺得寒冷，手凍腳凍。他在腦海裡再提醒自己一遍，回到京都車站，記得去買件外套，因為實在是太冷了。

十五、止不住的淚水

高鐵通車十二年後完全融入一般人的生活。在北高之間往返，搭國內班機是怎麼的模樣，辦理手續、檢查行李、走停機坪登機，而空中小姐會在飛行途中發小點心。飛行時間不長，但過程繁瑣。現在已經不需要，只要在自動櫃員機前刷一下卡，上高鐵小寐一個多小時，醒來時就在高雄左營。

時間的巨輪往前走，過去被遺忘。

今早醒來已經有點晚，莉今趕快聯絡洪叔，看他能不能幫忙。還好洪叔有空，立刻開車載著她連闖幾個黃燈來到台北車站。莉今連走帶跑，在最後一刻登上8：31這班高鐵。如果沒有搭上，她絕對沒辦法在十點左右抵達左營。客戶已經說好，派公司車在那裡等她。

當她坐下之後，取出手帕擦拭額頭緊張的汗珠，心裡想著，下次還是早點起床，不要老是麻煩洪叔。雖然他一直對她很好，把她當女兒一樣看待。

車過板橋後，莉今比較平靜。今天約的是個老客戶，禮貌性拜訪，談一下明年的業績預估。中午請吃個飯，維持交情，這樣就夠了。莉今打定主意後，不想多動腦，正要補個眠，準備闔上眼。就在這時候，一個中年男子從她座位旁的走道經過，不小心四目接觸，中年男子露出稍顯訝異的表情。

走過幾秒鐘後，他改變主意，走了回來。

中年男子在莉今旁邊的走道站定，對著窗邊的莉今很禮貌地問：「請問妳是蕭小姐嗎？」好像認得莉今。

莉今從座位抬起頭來，仔細看著這位穿著 POLO 衫，頭髮油亮有點捲曲的中年男子。她對他沒有任何印象，應該不是朋友，但會不會在哪個交際場合曾經短暫換過名片，她就不確定了。所以，她回：「是的，我是。請問你是哪位？」

中年男子的表情瞬間大變，張嘴皺眉，展現一種奇異的關切模樣。他直接落座在莉今旁邊的空位，把她嚇一跳，然後他說：「蕭小姐，妳可能不認得我，但我曾經在妳的婚禮上見過妳，想不到還認得出來。妳是昭榮的太太。對不對？」他立刻又補述：「不，我知道妳們已經離婚。算是前夫前妻。」

中年男子講的都對，莉今確定他認得自己，但她對他還是毫無記憶：「你是？」

「我姓羅，是昭榮公司的香港代理商。」

「啊，你是羅老闆。昭榮曾經提到過你。」知道對方的身分後，莉今終於放下疑惑，但心底並沒有故人相逢的喜悅。她從以前就不喜歡羅老闆。她知道昭榮待在深圳那些日子，羅老闆經常帶著昭榮出入一些色情場所。她也知道昭榮只是隨俗，視為商場應酬之必需。但她無法忍受，老實說這也是她們婚姻走不下去的原因之一。所以，她不喜歡羅老闆。

羅德的臉色變得更加沉重，對著莉今鄭重地說：「我覺得很遺憾，很抱歉。」

「什麼遺憾？」莉今的疑惑又回來，完全不瞭解羅老闆。

羅德立刻轉為吃驚模樣：「妳還不知道嗎？昭榮的事。」

莉今遲疑一下才說：「我和昭榮分開後，換了工作，這一陣子都沒和他聯絡，他發生什麼事嗎？」

羅德努力保持鎮定，清一清喉嚨後才說：「昭榮幾個月前在京都發生意外，過世了。」

這兩句話把莉今震得頭昏眼花，她雖然和昭榮不再是夫妻，但也沒有怨恨。一個曾經相愛兩年的人這麼突然離世，她沒有準備，也難以接受。

「你確定嗎？有沒有搞錯？會不會是同名同姓？」她還是不相信。

「我確定，我還為了他，特別飛去日本一趟。」

「到底發生了什麼事？」莉今的聲音開始有點顫抖。

「幾個月前，寒流來襲，京都下了一場大雪。那個很有名的稻荷大社的後山發現一具屍體，沒有任何身分證件。起初警察以為是當地人，找了好幾天，後來才從身上的一張房卡找到御苑旁的旅館去。房客失蹤了，這才證實是來自台灣的旅客。警察看訂房紀錄，發現是我訂的，跟我聯絡。我才跑到京都去處理。沒想到真的是昭榮。」

「什麼？昭榮死在京都？」莉今的聲音明確地顫抖起來，實在太難以相信。

「根據警察的講法，昭榮好像是晚上在山路上滑倒，掉到山溝裡，撞到頭昏過去，而那一天下大雪，太冷了，被凍死。一兩天後，雪融了，才被路過的當地人發現。早就來不及救。」

「為什麼昭榮會跑去那個地方呢？」

「妳是說京都嗎？我也不知道。只是以前我跟他聊天時，他提過幾次，想去京都。京都是日本很有名的古都啊，有很多熱門景點，我以為他是想去觀光。」

聽羅老闆的述說，這應該是事實，昭榮已經過世，但是莉今的思緒好亂，實在很難接受。京都、旅館、大雪、凍死，為什麼會這樣，這些完全不相干的東西會撞在一起，結果是昭榮付出生命的代價。又為什麼會是羅老闆來跟她說，好亂，好亂。

「那跟羅老闆有什麼關係，為什麼你會幫他訂旅館？」

問到羅德的痛處，他的眼瞼抽動了一下。「唉。」他先長長的嘆了口氣才說：「這說來話長。」

「我害他丟了工作，我對不起他，所以幫他安排到京都去渡假，先放鬆一下，也算是我表達對他的歉疚。」

「什麼？他丟了工作？那對他的打擊很大，他是一個非常重視工作的人。」

「沒錯。就是因為他對工作的態度，讓我很欣賞他，所以我們才會成為好朋友，不只是代理商的關係。他應該有跟妳說吧，我們很要好。」羅德轉頭過來，正對著莉今，以近乎乞求憐憫的態度。

「沒錯。我聽昭榮說過，你們確實很要好。」

羅德講得那麼誠懇，讓莉今突然間沒有對他那麼嫌惡了。羅德喜歡昭榮，就像她一度也很喜歡昭榮。他是個很努力的人，在工作上很努力，雖然能力不是特別突出。他也是個很柔軟的人，莉今從來沒見過他發脾氣，對任何人都很有耐心。這是為什麼莉今會選擇跟他結婚。但莉今很快發覺，她要的不只是如此而已，這樁婚姻讓她體會到，要能共渡一輩子的條件需要更多。所以，她後來謹慎多了，不會因為在音樂餐廳一起跳舞，或在情調旅館有一次完美的做愛，就想嫁給對方。但是，昭榮還是個好人，當不成夫妻，當朋友是沒有問題的。只是，沒想到意外發生的那麼突然，莉今還是感到非常難過。

「我原本是好意啊，但沒想到卻害了他。」羅德指的是害昭榮失去工作這件事，但這已經不重要，人都走了。

莉今回想起和昭榮一起的生活。他們是怎麼相遇的，一起去爬山，如何成為好朋友，然後又一起去看房子，結婚。有一段日子非常完美，他們彼此深深相愛。但那些溫柔現在突然不見了，隨昭榮而逝。老天爺怎麼那麼殘忍，好可怕，好可怕。

「昭榮是個好人。」莉今低下頭，近乎喃喃自語。她對昭榮不只是惋惜而已。她覺得心中某個地方突然被咬掉一塊，很痛。

「昭榮確實是個很好的人啊，不應該活得那麼短。」羅德接口說，但有點悲憤地。

「昭榮是個好人。」莉今再次重複，說完一顆淚珠便從她臉龐慢慢滑落。

「我實在不懂，昭榮為什麼會跑去那個叫什麼大岩神社的地方，那裡很偏僻啊，連當地人都很少去。怎麼會跑去那裡。」羅德也有點自言自語。

「又怎麼那麼巧下一場大雪，很少見啊。」

「剛好他又跌倒，也沒有人看到。怎麼運氣那麼背啊。」羅德用力地搖晃著頭，嘆著氣。

「我們原本有很多計畫的，我要幫助他到香港發展，我都已經在安排了。」

「他是個人才，我們一起一定可以發展得很好。」

「昭榮是我最要好的朋友啊。」

「但我沒想到我居然害了他。害他沒了工作，甚至害他丟掉性命。」

「這是不是我的錯啊？」

「我實在很難過，很難過。」聲音是顫抖的。

莉今仍舊掛著淚，但她很訝異地看著旁邊的中年男子。他不僅也跟著掉了淚，而且轉成嚎哭，兩道淚直直落，任憑他怎麼擦去也止不住。莉今不會懂昭榮和羅德之間的友誼，就像羅德無法理解莉今和昭榮離婚的真確原因。而他們兩個永遠也不知道昭榮怎麼會在那個偏僻的地方失去他的生命。人生就是一堆無解的存在，沒有任何道理。

高鐵依然平穩的往前奔去，如果這時候可以探頭往車後看，破碎的稻田、倒退的房屋、佇足的行人、穿流的車子往後奔移，迅速凝縮到遙遠的一點。被凝縮的還包括昭榮、玉亭和他們之間的故事，越來越小，越來越微弱，時間遲早將他們統統抹去。

後記

當Y跟我說，她是養女時，我有點詫異。眼前這位女子，講話輕聲細語，面容溫婉純真，健康如你我，實在看不出這麼異常的出身。但養女該有什麼樣貌呢？被養母虐待，缺少親人之情，所以會堅毅像刺蝟，或者怯弱如浮萍。這不過是人在腦海中自揣的偏見。真實世界的Y擁有一個非常和樂的家庭，照顧她長大的一雙父母和生她的阿姨一樣愛她。所以，她擁有超過常人豐富的愛。

但是，不是每個養女皆如此，這需要一點運氣，她的運氣好。

L的努力則是另一件有趣的事。他是我多年的好友，知道我寫小說之後，很熱心地跑來見我，帶來許多書和漫畫給我參考，希望帶給我靈感。也不只如此，他還帶我到許多有趣的景點參觀，希望我能透過親身感受獲得啟發。結果這些都無用，倒是我們在吃美食喝咖啡的過程中閒聊，他斷斷續續提到他的過去，這部分提供了我不少寫作的基本素材。「真實的人生」才是小說的靈魂，「人性」永遠是最好的題材。任何人的一生，拉長來看或許顯得無聊，但只要以縮時鏡頭走一遭，都可以擷取出精彩之處。

回頭去看，高鐵的起建和三一一大地震的發生實在是整個故事最重要的轉折。人生經常是這樣的，當時的一個事件好像與己無關，多年後才察覺命運在此徹底扭轉了一個人的人生。但沒有人能夠預知，只能承受。

二〇一七年一整年我很努力地建構一家屬於自己的小公司，以為後半生會繼續在電子業中泅泳，寫小說之事從來就沒有在我的腦海中出現過。沒想到二〇一八年命運大轉彎，讓我走上寫小說這條路。人生難測，連自己都無法預知。

這本書的名字，靈感來自京都祇園的一間小廟，仲源寺。裡頭有一尊地藏，叫雨止地藏。所以，美麗的花（我們所追求的美好未來）停止開花，花止。因此，故事有一個悲傷的收場。

國家圖書館出版品預行編目

京都花止 = Flowers fade into Kyoto / 葉天祥
著. -- 臺北市 : 致出版, 2025.06
面；　公分
ISBN 978-626-7666-10-4(平裝)

863.57　　　　114006490

京都花止

作　　者／葉天祥
行政編輯／洪聖翔
圖文排版／陳彥妏
封面設計／嚴若綾
出版策劃／致出版
製作銷售／秀威資訊科技股份有限公司
114 台北市內湖區瑞光路76巷69號2樓
電話：+886-2-2796-3638
傳真：+886-2-2796-1377
網路訂購／秀威書店：https://store.showwe.tw
博客來網路書店：https://www.books.com.tw
三民網路書店：https://www.m.sanmin.com.tw
讀冊生活：https://www.taaze.tw

出版日期／2025年6月　　**定價**／300元

致 出 版　　向出版者致敬